D1935177

Ein Fürst erwartet einen neuen Verwalter. Schon früh am Morgen steht er am Fenster und hält freudig nach dem Neuankömmling Ausschau. Doch der Hofmeister hat den Verwalter bereits empfangen. Der Fürst fühlt sich getäuscht und versucht sogleich, mit dem neuen Verwalter ein Bündnis gegen den altgedienten Hofmeister zu schließen. Es ist hier der Fürst und nicht die Dienerschaft, der auf seiner verzweifelten Suche nach Liebe und Glück finstere Intrigen einfädelt. Einsam in seinem großen Reich, obdachlos in seinem herrlichen Schloß, redet er sich immer weiter in die Isolation.
Einerseits Komödie, andererseits Trauerspiel, unterhält dieser mit leichter Hand geschriebene Miniaturroman durch seine feine Psychologie und gekonnte Kammerspieldramaturgie. Bremer gelang eine hochliterarische Parabel über die Einsamkeit der Mächtigen, für die er 1996 den Ingeborg-Bachmann-Preis erhielt.

Jan Peter Bremer, 1965 geboren, lebt als freier Schriftsteller in Berlin. Er veröffentlichte 1988 Kurztexte unter dem Titel ›In die Weite‹, 1991 den Roman ›Einer der einzog das Leben zu ordnen‹ (Fischer Taschenbuch Verlag Bd. 11728) und 1992 den Roman ›Der Palast im Koffer‹ (Fischer Taschenbuch Verlag Bd. 12653).

Jan Peter Bremer

Der Fürst spricht

Roman

Fischer Taschenbuch Verlag

Veröffentlicht im Fischer Taschenbuch Verlag GmbH,
Frankfurt am Main, Februar 1999

Lizenzausgabe mit freundlicher Genehmigung des
Eichborn Verlags (Gatza bei Eichborn), Frankfurt am Main

Druck und Bindung: Clausen & Bosse, Leck
Printed in Germany
ISBN 3-596-13862-0

Für Britta

Heute traf der neue Verwalter ein.

Der Fürst war bereits angekleidet. Er trat ans Fenster seines Schlafgemachs und erblickte ein Mädchen, das vor dem Schloß, am Wegrand, in der Sonne lag.

Es war noch sehr früh.

Blau stand der Himmel über dem Reich. Der Fürst hob den Blick vom Mädchen den Weg hinauf. Der neue Verwalter war für den Morgen angekündigt. Noch war alles still, und der Fürst wandte sich in den Raum zurück.

In der Mitte des Raumes stand das Bett. Über dem Bett hing eine Schnur. Der Fürst ging auf sie zu, läutete, setzte sich auf das Bett und blickte zur Tür. Dann erhob er sich langsam, zog noch einmal an der Schnur und trat zurück ans Fenster.

Das Mädchen war nicht mehr allein.

Ein junger Bauer saß neben ihr in der Wiese. Sie nahm ihm seine Mütze vom Kopf, strich über sein Haar und richtete sich auf. In diesem Moment öffnete sich die Tür. Der Fürst wandte sich um. Der Hofmeister blieb in der Tür stehen, verbeugte sich und trat auf den Fürsten zu.

Der Fürst blickte wieder zum Fenster hinaus. Das Mädchen stand dem jungen Bauern gegenüber, hielt seine Hände in ihren Händen und küßte sie. Dann drehte sich der junge Bauer um und rannte den Weg hinauf, dem Dorf entgegen. Das Mädchen sah ihm nach, hob die Mütze auf, die vor ihr auf dem Boden lag, und drückte sie an ihre Brust.

»Wer ist sie?« fragte der Fürst, ohne daß er sich dem Hofmeister zuwandte.

Der Hofmeister warf am Fürsten vorbei einen Blick aus dem Fenster. »Sie heißt Maria«, sagte er, »sie arbeitet in der Küche.«

»Ich habe sie wohl einige Male im Schloßhof gesehen«, sagte der Fürst. »Es ist nur schon lange her. Sie ist ein hübsches Mädchen geworden.«

»Da haben Sie recht«, sagte der Hofmeister. »Es ist eine Freude, sie anzusehen. Sie ist immer heiter und unbeschwert, und noch nie ist eine Klage aus ihrem Mund gekommen.«

»Hören Sie denn manchmal Klagen?« fragte der Fürst.

»Nein«, antwortete der Hofmeister und schüttelte den Kopf. »Es ist für uns alle ein großes Glück, Ihnen dienen zu dürfen.«

»Vielleicht«, sagte der Fürst und wandte sich zu dem Hofmeister um, »gibt es auch Menschen im Reich, die nicht so glücklich sind und Sie wissen nur nichts von ihnen.«

»Unglückliche Menschen«, antwortete der Hofmeister, »gibt es überall.«

Der Fürst blickte ihn lange an. »Das ist wahr«, sagte er dann. »Glauben Sie, daß der neue Verwalter hier glücklich sein wird?«

»Da bin ich ganz sicher«, antwortete der Hofmeister. »Wenn Sie mit ihm zufrieden sind, dann wird er glücklich werden.«

»Ich wäre froh, wenn Sie recht hätten«, sagte der Fürst und begann vor dem Fenster auf und ab zu gehen. »Die ganze Nacht habe ich unruhig geschlafen. Von der einen drehte ich mich auf die andere Seite. Am Morgen bin ich früh erwacht. Ich dachte, ich wäre der einzige, der nicht schlafen kann, aber Maria saß schon in der Wiese. Woher soll man wissen, was Glück ist?«

»Das kann ich auch nicht sagen«, antwortete der Hofmeister und lächelte dem Fürsten zu. »Aber oft genügt ein Anlaß, und das Glück klopft an die Tür. Sie werden doch nicht vergessen haben, daß Sie heute den neuen Verwalter treffen werden.«

»Das habe ich natürlich nicht vergessen«, antwortete der Fürst.

Der Hofmeister nickte. »Ich habe Sie nur gefragt, weil Sie etwas wissen sollten.«

Der Fürst blieb stehen. »Was denn?« fragte er.

Der Hofmeister zögerte einen Moment. »Sie sollten wissen, daß Sie heute ein schöner Tag erwartet.«

»Das weiß ich auch«, sagte der Fürst. »Deshalb möchte ich alles, was heute geschieht, noch einmal aus Ihrem Mund hören. Ihnen ist bekannt, was dieser Tag mir bedeutet. Ich hoffe, Sie hatten genügend Zeit, ihn nach meinen Wünschen vorzubereiten.«

»Bis jetzt«, sagte der Hofmeister und wies mit der Hand auf seine Brust, »haben Sie sich immer auf mich verlassen können. Ich hoffe, daß auch heute jeder Zweifel unbegründet bleibt.«

Der Fürst nickte.

Der Hofmeister trat einen Schritt zurück. »Zuerst«, begann er, »unternehmen Sie mit dem neuen Verwalter eine Kutschfahrt. In der Gaststätte ist alles schon für Sie hergerichtet. Nach dem Essen können Sie in einem hübschen Zimmer ausruhen, und in das Kornfeld, durch das Sie nachher mit dem neuen Verwalter spazieren werden, habe ich einen schmalen Weg legen lassen, an dessen Ende die Kutsche wieder warten wird.«

»Ist denn«, unterbrach ihn der Fürst und blickte wieder aus dem Fenster, »das neue Büro schon eingerichtet?«

»Selbstverständlich«, antwortete der Hofmeister, »aber es wäre gut, wenn Sie es sich ansehen würden. Wie Sie es wollten, haben wir den Tisch in die Mitte gestellt. Auch ich halte den Platz für geeignet, doch ist der Raum, wie Sie wissen, sehr groß, so daß der Weg zu den Regalen weit ist. Der Tisch, der in dem alten Büro so mächtig erschien, wirkt in dem neuen Büro etwas spärlich.«

»Dann brauchen wir einen neuen Tisch«, sagte der Fürst, der noch immer aus dem Fenster blickte.

»Daran habe ich auch schon gedacht«, pflichtete der Hofmeister bei, »doch der Weg ist, da die Akten in den Regalen aufbewahrt werden, trotzdem noch sehr weit.«

»Wo sollen die Akten denn sonst aufbewahrt werden«, sagte der Fürst und wandte sich mit einem Ruck zu seinem Hofmeister um. »Sie sprechen für sich. Im Gegensatz zu Ihnen aber ist der neue Verwalter noch jung. Ihre Befürchtungen sind unbegründet. Irgendwann einmal, vielleicht wenn der neue Verwalter in Ihr Alter gekommen ist, muß man sich überlegen, ihm einen Diener an die Seite zu stellen, der für ihn die Wege geht. Doch muß dies jetzt weder meine und erst recht nicht Ihre Sorge sein. Stellen Sie sich vor, Sie sprächen bei einem Fürsten vor und würden ein so großes Büro bekommen. Überwältigt von der Bedeutung, die Sie dadurch im Schloß einnähmen, gingen Sie die Wege mit leichtem Schwung. Ihre Schritte wären vom Jubel getragen und Sie sich völlig gewiß, daß Sie nach der richtigen Akte greifen würden. Verstehen Sie, was ich meine?«

»Ja«, sagte der Hofmeister, »es ist wahr. Ich habe nur für mich gesprochen.«

»Nein«, sagte der Fürst und blickte wieder aus dem Fenster, »das haben Sie nicht. Sie denken, ich bin verschwenderisch. Sie denken, ein junger Verwalter braucht kein Büro von dieser Größe.«

»Das dürfen Sie mir nicht unterstellen!« rief der Hofmeister. »Das habe ich nie gedacht.«

Der Fürst trat in den Raum. »Ich unterstelle Ihnen gar nichts«, sagte er und drehte sich zu seinem Hofmeister hin. »Ich habe Vertrauen zu Ihnen. Nur ist es schwer, sich mit Ihnen zu unterhalten. Sie haben andere Erfahrungen als ich und sind viel älter. Für Sie sieht ein alter Schreibtisch beispielsweise anders aus als für mich oder den neuen Verwalter. Für den neuen Verwalter wiederum sieht ein großer Schreibtisch größer aus als für mich. Ich kenne Großes. Ein Schloß ist größer als ein Haus. Ich kann mir gar nicht vorstellen, in einem Haus zu leben. Ich brauche die Weite des Schlosses. Andere Menschen leben lieber in Häusern. Häuser sind überschaubarer. In einem Schloß zu leben, daran muß man sich erst gewöhnen. Der neue Verwalter wird damit keine Schwierigkeiten haben, denn er ist noch jung. Auch Sie waren jung, als Sie ins Schloß kamen.«

»Es war noch vor Ihrer Geburt«, sagte der Hofmeister.

»Sehen Sie.«

Der Hofmeister nickte.

Der Fürst blickte auf seine Hände. »Glauben Sie«, fragte er, »daß dem neuen Verwalter das Büro gefallen wird?«

Der Hofmeister ging zur Tür.

Der Fürst betrachtete ihn aufmerksam.

»Kommen Sie!« rief der Hofmeister und bedeutete dem Fürsten, vorauszugehen.

Der Fürst fuhr fort, ihn zu betrachten. »Wohin?« fragte er.

»Ich habe eine Überraschung für Sie.«

Der Fürst rührte sich nicht. »Sagen Sie mir erst, was für eine Überraschung das sein soll«.

Der Hofmeister drückte den Türgriff hinunter. »Ich werde Ihnen jetzt den neuen Verwalter vorstellen.«

Der Fürst zuckte zusammen. »Ist er schon da?« fragte er.

»Er ist bereits gestern abend angekommen«, antwortete der Hofmeister.

»Warum haben Sie mir das nicht gemeldet!« rief der Fürst.

»Sie hatten sich schon zurückgezogen«, erwiderte der Hofmeister. »Wir wollten Sie nicht stören. Sie waren bereits im Bett. Auch ich bin früh zu Bett gegangen. Der gestrige Tag war anstrengend, und es war spät, als der neue Verwalter kam.« Der Hofmeister ließ den Türgriff los. »Der neue Verwalter«, fuhr er fort, »ist ganz still hier angekommen. Er hat sich von einem Diener das Zimmer weisen lassen und ist sofort zu Bett gegangen. Auch ich habe von seiner Ankunft erst heute morgen erfahren.«

Der Fürst blickte zu Boden. Regungslos stand er im Raum. »Man hätte es mir melden müssen«, stammelte er.

Der Hofmeister trat ein paar Schritte auf ihn zu.

Traurig hob der Fürst den Kopf und blickte am Hofmeister vorbei auf die Tür. »Schauen Sie mich an«, sagte er, »wie sehe ich jetzt aus?«

Der Hofmeister breitete die Arme auseinander. »Sie sehen prächtig aus.«

Der Fürst schüttelte den Kopf. »Ich habe unruhig geschlafen«, sagte er. »Es war kaum hell, als ich aufgestanden bin, und jetzt ist es noch nicht vormittag, und ich bin schon wieder müde. Sie hätten mir doch zumindest eine Nachricht unter der Tür durchschieben können. Im Morgengrauen hätte ich gelesen: ›Der neue Verwalter ist eingetroffen.‹ Das wäre ein Tagesanfang gewesen! Stattdessen warte ich hier auf ihn, blicke aus dem Fenster und unterhalte mich so offenherzig mit Ihnen, als ob uns dieser Tag gehörte. Dabei ist der neue Verwalter schon im Schloß. Ängstlich geht er auf und ab. Niemand, der zu ihm spricht, ihn ermutigt oder wenigstens begrüßt. Jetzt steht er am Fenster und blickt scheu in den Hof hinunter. Er sieht die Kutsche, die, auf Ihre Anordnung hin, zum Ausflug bereit, dort steht, und denkt, daß wir ihn an solch einem Tag alle verlassen wollen, daß er allein zurückbleibt, daß er sich in den Gängen verirrt und die kalten Wände entlangtastet. Endlich findet er ein Fenster zum Schloßhof. Dort steht noch immer die Kutsche. Ein Mädchen überquert mit schweren Eimern den Hof. Er sieht, wie ihre Brust sich hebt und senkt, aber er wagt es nicht, sich ihr am Fenster zu zeigen. Seine Haut ist so blaß, von der Zeit in dem engen, dunklen Büro, in dem er bisher arbeitete, daß das Mädchen denken würde, er sei ein Fremder, ein Toter, der sich nur nachts in den Schloßhof wagt, um sie mit langen, dünnen Fingern zu berühren. Sagen Sie mir ehrlich: Was wissen wir denn schon von dem neuen Verwalter?«

»Nur das, was in seinem Brief stand«, antwortete der Hofmeister.

»Haben Sie gelesen«, fragte der Fürst und seine Stimme bekam eine große Strenge, »daß der neue Verwalter und ich am gleichen Tag Geburtstag haben?«

Selbstverständlich«, sagte der Hofmeister. »Es ist ein schöner Zufall.«

»Es ist ein Wunder!« rief der Fürst.

Der Hofmeister blickte zu Boden. »Soll ich dem neuen Verwalter noch etwas ausrichten?« fragte er.

»Nein«, sagte der Fürst, »führen Sie ihn nur in das Büro. Er soll dort auf mich warten.«

»Ist das alles?« fragte der Hofmeister.

»Ja«, sagte der Fürst und blickte noch eine Weile auf die Tür, die der Hofmeister hinter sich schloß. Dann trat er in die Mitte des Raums und setzte sich auf das Bett. Er war so müde. Der gestrige Tag hatte viel Kraft gekostet.

Gestern erst war der alte Verwalter beerdigt worden. Die Bestattung verzögerte sich, weil es bis zum Mittag hin heftig regnete. Still mußten sie in der kleinen Kapelle des Schlosses warten. Der Fürst saß mit dem Hofmeister auf einer Empore, die Bediensteten und das Gesinde gegenüber. Dazwischen war der Sarg aufgebahrt. Jede halbe Stunde stieg der Pastor von der Kanzel, durchquerte die Kapelle, hielt die Hand vor die Tür und schüttelte immer wieder den Kopf. Allmählich wurde es kühl. Der Fürst wärmte sich die Hände in seinen Ärmeln, die Bediensteten saßen versunken auf ihren Holzbänken, und dem Hofmeister fielen die Augen zu. Dann hob ein langjähriger Diener die Hand. Der Fürst machte den Hofmeister darauf aufmerksam, und der Hofmeister forderte den Diener auf vorzutreten. Der Diener drängte sich durch die engen Sitzreihen, trat in einem weiten Bogen um den Sarg und verneigte sich vor dem Fürsten. »Was wünschst du?« fragte der Hofmeister. »Ich möchte bitten«, antwortete der Diener, »etwas aus der Kindheit des Fürsten erzählen zu dürfen.« Der Hofmeister richtete seinen Blick zum Fürsten hinauf. Der Fürst nickte.

»Erinnern Sie sich noch«, sprach der Diener, »wie Sie als Kind oft stundenlang dem Verwalter gegenüber saßen und um Ruhe baten, wenn man eintrat, denn Sie taten, als wären Sie es, der verwaltete, in Wirklichkeit aber malten Sie Bilder, wie sie Kinder gern malen, nur daß Sie sich ganz ernst dabei nahmen, und auch uns gefiel es, diesen Wunsch zu respektieren. In der Küche erzählten wir uns scherzhaft: Der Fürst sitzt wieder beim Verwalter, wir dürfen jetzt nicht mit den Töpfen klappern; und dann fügten wir hinzu: Wir werden mal einen strengen aber gerechten Fürsten bekommen.«

»Sie haben recht behalten«, sagte der Hofmeister, und der Diener verneigte sich noch einmal, bevor er zu den anderen zurücktrat, die ihm einen Platz am Rand der Bank freimachten. So saßen sie wieder da. Nach einer Weile wandte sich der Hofmeister an den Fürsten. »Das war wirklich sehr schön«, flüsterte er. Der Fürst nickte. »Haben Sie der Dienerschaft eigentlich mitgeteilt, daß morgen ein neuer Verwalter eintrifft?« Der Hofmeister schüttelte den Kopf. »Gut«, rief der Fürst, sprang auf und klatschte in die Hände. Sofort waren alle Augen auf ihn gerichtet. »Ich weiß«, begann er, »daß dies nicht der richtige Ort ist, zu sagen, was ich zu sagen habe, und dennoch bin ich glücklich, Euch mitteilen zu können, daß ein neuer Verwalter gefunden ist. Er wird bereits morgen eintreffen. Natürlich ist es schwer, sich an einem Tag wie diesem zu freuen. Der alte Verwalter war bei allen beliebt. Doch dürfen wir deshalb dem neuen Verwalter nicht unrecht tun und so laßt uns gemeinsam hoffen, daß sich das Wetter schnell bessert.« Der Fürst setzte sich wieder.

Langsam wurde der Regen schwächer. Der Pastor schritt durch die Kapelle und verkündete, man könne nun gehen. Sogleich erhoben sich die Sargträger. Den Sargträgern folgte der Fürst, dann der Hofmeister, dahinter die Bediensteten und das Gesinde. Der Himmel war noch sehr verhangen. Der Fürst hörte nur die Schritte des Hofmeisters, der knapp hinter ihm lief, und verlangsamte seinen Lauf.

Der Hofmeister war mit dem alten Verwalter befreundet gewesen. Vielleicht wollte er, eine Hand auf dem Sarg, zwischen den Trägern einherlaufen. Als Freund wäre das sein Platz gewesen. Aber der Hofmeister war hinter ihm geblieben. Vielleicht hatte er geweint. Der Fürst hatte den Hofmeister noch nie weinen sehen. Der Hofmeister war immer beschäftigt und berichtete unaufhörlich, was er den Tag über alles erledigt hatte. Wenn der Fürst nach ihm läutete, kam er sofort. Manchmal schien es dem Fürsten, als stünde der Hofmeister schon hinter der Tür und wartete nach dem Läuten nur höflich einen Moment, bevor er eintrat. Auch sonst war der Hofmeister immer überall im Schloß. Daß der Hofmeister letzte Nacht von der Ankunft des neuen Verwalters nichts erfahren haben wollte, konnte er ihm nicht glauben.

Der Fürst schlug mit der flachen Hand gegen die Schnur, die über seinem Bett hing, streckte sich, erhob sich unter der baumelnden Schnur hinweg und trat ans Fenster. Selbstverständlich hatte der Hofmeister letzte Nacht schon von der Ankunft des neuen Verwalters erfahren. Wahrscheinlich hatte er ihn persönlich empfangen. Ein Bote hatte ihm die Ankunft angekündigt, und nun wartete er, mit einer kleinen Laterne, im Dunkeln, vor der Tür und nahm den neuen Verwalter in Empfang, der ganz erschöpft von der Reise war und nur wünschte, sofort ins Bett zu gehen. Doch der Hofmeister drängte ihn, noch auf ein Schlückchen Wein mit auf sein Zimmer zu kommen. Er stellte zwei Gläser auf den Tisch, drehte die Lampe auf, und die schöne Erscheinung des neuen Verwalters beglückte ihn. Er öffnete eine Flasche, schenkte schwungvoll ein und prostete dem neuen Verwalter zu. Der neue Verwalter sank sogleich in sich zusammen. Die Augen fielen ihm zu und wenn er sie mühsam öffnete, sah er in zwei offene Hände. ›Bitte‹, hörte er die Stimme des Hofmeisters flehen, ›bitte lassen Sie uns Freunde werden. Ich bin der einzige Mensch im Schloß, der zu Ihnen spricht. Der Fürst lädt Sie morgen zu einer Kutschfahrt ein. Dann geht er auf sein Zimmer zurück. Kommen Sie zu mir. Nachts zeige ich Ihnen den Schloßhof. Ein Mädchen, daß Sie immer im Arm halten möchten, wird sich in Sie verlieben. Sanft liegen ihre Brüste in einem dünnen Kleid und Sie können sie küssen, sooft Sie wollen. Sagen Sie mir leise ihren Namen und sie wird kommen. Sie heißt Maria und jeder kennt sie.‹

Der Fürst schreckte auf. Es war ihm, als hätte jemand die Tür geöffnet. Die Tür war geschlossen. Der Fürst erhob sich, horchte und ging zum Fenster. Wolkenlos stand der Himmel blau über dem Reich, und die Wiesen waren leer. In seinem Rücken spürte er den

Blick des Hofmeisters, trat in den Raum zurück, sprang mit einem Satz auf das Bett, nahm ein Kissen und schleuderte es auf den Boden. Dann sank er, das Gesicht vorweg, auf das Laken. Nach einer Weile richtete er sich wieder auf, griff rückwärts nach der Schnur und läutete mehrmals heftig.

Der Fürst saß noch auf dem Bett, als der Hofmeister eintrat, sich in der Tür verbeugte und auf das Kissen zulief.

»Ich sehe«, sagte er und hob das Kissen vom Boden auf, »daß Sie sich noch einmal hingelegt haben. Das ist vernünftig. Sie haben einen anstrengenden Tag vor sich. Lassen Sie mich Ihnen das Kissen reichen, und ich bette Sie bequem. In zwei Stunden wecke ich Sie dann, und Sie werden sich so wach fühlen, als hätten Sie die ganze Nacht geschlafen.«

Der Fürst starrte auf seine Hände. »Nein«, sagte er.

»Ich kann mir denken, wie müde Sie sind«, fuhr der Hofmeister fort. »Wenn man die letzte Nacht so unruhig wie Sie geschlafen hat, ist das auch kein Wunder. Sie hatten gerade ein bißchen geträumt. Schließen Sie die Augen, und schon bin ich wieder weg.«

Der Fürst sah nicht auf. »Ich habe nicht geschlafen«, zischte er.

»Das weiß man manchmal nicht«, sagte der Hofmeister. »Ich kenne das. Einmal bin ich sogar auf einer großen Gesellschaft eingeschlafen. Eine helle Stimme oder auch nur Gläserklirren muß mich plötzlich wieder geweckt haben und ich habe nahtlos am Gespräch teilgenommen. Nachdem ich meinen Redebeitrag beendet hatte, beugte sich mein Tischnachbar zu mir herüber. ›Haben Sie nicht eben noch geschlafen?‹ fragte er mich. Ich verneinte und fragte nun meinerseits, wie er denn auf diesen Gedanken käme? Da versicherte er mir und schwor sogar darauf, daß ich während der letzten halben Stunde die Augen fest geschlossen hatte, und ich mußte ihm gestehen, davon nichts zu wissen.«

»Bestimmt haben Sie nur so getan, als ob Sie schliefen«, sagte der Fürst.

Der Hofmeister schüttelte den Kopf. »Ich habe wirklich geschlafen«, sagte er.

»Sie haben doch gerade gesagt, daß Sie das gar nicht mehr wüßten«, sagte der Fürst und blickte zu dem Hofmeister auf. »Vielleicht hat Ihr Tischnachbar Sie angelogen.«

»Das glaube ich nicht«, sagte der Hofmeister. »Außerdem ist mir Ähnliches schon häufig widerfahren. Einmal …« fuhr er fort.

»Das will ich nicht wissen«, fiel der Fürst ihm ins Wort, »ich glaube Ihnen Ihre erste Geschichte schon nicht. Wie konnten Sie denn in ein Gespräch eingreifen, daß Sie bis dahin gar nicht gehört hatten?«

Der Hofmeister zuckte mit den Schultern. »Das frage ich mich auch«, sagte er, » ich muß es im Schlaf verfolgt haben.«

»Das geht nicht!«

»Da bin ich mir nicht sicher«, sagte der Hofmeister. »Es gibt sogar Menschen, die gehen im Schlaf spazieren und führen Aufträge aus, zu denen sie am Tag nicht mehr gekommen sind. Am nächsten Morgen stehen sie überrascht vor der fertigen Arbeit und fragen überall herum, wer sie ihnen abgenommen habe. Vielleicht sind auch Sie solch ein Mensch und haben schon geschlafen, als Sie nach mir läuteten.«

»Sie werden frech«, sagte der Fürst. »Im Gegensatz zu den Menschen, von denen Sie sprechen, kann ich mich an alles erinnern. Sie können mir nichts einreden, nur weil Sie sich insgeheim wünschen, alle, außer Ihnen, schliefen. Dann könnten Sie den ganzen Tag emsig im Schloß herumlaufen und jedem erzählen, was Sie wollen.«

»Das ist doch gar nicht mein Ziel«, warf der Hofmeister ein.

»Natürlich ist das Ihr Ziel!« schrie der Fürst ihn an. »Aber Sie irren sich. Ich bin nicht im Bett weil ich müde bin.«

Der Hofmeister nickte. Der Fürst starrte wieder auf seine Hände. Der Hofmeister schwenkte das Kissen an einem Zipfel vor und zurück, atmete tief durch und legte dann alle Kraft in seine Stimme. »Ich habe Ihnen noch gar nicht berichtet, daß ich den neuen Verwalter in das Büro geführt habe.«

Der Fürst blickte auf. »Erzählen Sie«, forderte er.

»Das ist nicht leicht«, begann der Hofmeister. »Ich habe die ganze Zeit gewünscht, Sie wären dabei gewesen. Es war überwältigend. Wir kamen in das Büro. Mir selbst, obwohl ich den Raum so gut kenne, erschien er jetzt noch prächtiger, und ich muß Ihnen völlig recht geben, daß der Tisch in der Mitte vortrefflich steht.«

Der Fürst schlug auf das Bett. »Das will ich nicht hören«, sagte er. »Berichten Sie vom neuen Verwalter.«

»Ich weiß nicht, wo ich beginnen soll«, sagte der Hofmeister.

»Lassen Sie doch endlich das Kissen fallen«, unterbrach ihn der Fürst erneut.

Der Hofmeister beugte sich zur Seite und ließ das Kissen sachte zu Boden sinken. »Sie sind also gemeinsam in das Büro gekommen«, drängte der Fürst.

»Ja«, sagte der Hofmeister, »und als wir eintraten, sagte ich: ›Schauen Sie sich um, mein Lieber, das ist Ihr Büro.‹«

Wieder fuhr der Fürst dazwischen. »Sie haben den neuen Verwalter ›mein Lieber‹ genannt!« rief er, »wie konnten Sie so etwas sagen? Sie kennen ihn doch erst seit heute. Weil Sie mit dem alten Verwalter befreundet waren, müssen Sie es doch nicht mit dem neuen sein. Woher nehmen Sie diese Gewißheit. Er ist vielleicht noch nicht lange genug hier, um solche Anmaßungen zu durchschauen. Aber Sie können sich darauf verlassen, daß ich derartiges nicht länger dulden werde.«

»Ich bin mir gar nicht mehr sicher«, sagte der Hofmeister, »ob ich ihn wirklich ›mein Lieber‹ genannt habe. Vielmehr glaube ich, daß ich es eben unabsichtlich erfunden habe.«

»Ob mit oder ohne Absicht«, sagte der Fürst, »ich möchte nicht, daß Sie noch etwas erfinden. Was soll ich denn dann glauben? Erzählen Sie mir jetzt, was weiter geschehen ist.«

Der Hofmeister berührte mit den Fingern seine Schläfen. »Ich weiß nicht mehr, wo ich stehengeblieben war«, sagte er.

»Sie haben zu dem neuen Verwalter gesagt: ›Schauen Sie sich um, das ist Ihr neues Büro‹«, half ihm der Fürst.

Der Hofmeister senkte den Kopf. »Der neue Verwalter hat mich ganz erschrocken angeguckt«, fuhr er dann fort. »›Sie müssen sich irren‹, hat er gesagt. ›Durchaus nicht‹, habe ich geantwortet. ›Der Fürst selbst hat die Anordnung gegeben. Persönlich hat er diesen Raum für Sie ausgesucht.‹ ›Das kann ich kaum glauben!‹ rief der neue Verwalter nun. ›Was ist es für ein unglaubliches Glück, das mich zu diesem großzügigen Menschen gesandt hat. Für immer und ewig werde ich ihm dienen. Kein Tag soll vergehen, an dem ich nicht ausschließlich für ihn da bin.‹ So hat er gesprochen und er wäre sicherlich noch fortgefahren, wenn Sie mich nicht wieder zu sich gerufen hätten.«

»Das hört sich doch sehr wohlerzogen an«, sagte der Fürst. »Es gefällt mir, wie der neue Verwalter sich in dem Büro benommen hat.«

»Er macht einen sehr netten Eindruck«, sagte der Hofmeister.

»Das finde ich auch«, sagte der Fürst.

»Darf ich Ihnen jetzt das Kissen ins Bett reichen?« fragte der Hofmeister, nahm es vom Boden auf, trat zaghaft einen Schritt vor und hielt es dem Fürsten entgegen.

Der Fürst warf die Hände vor sein Gesicht und schnellte mit dem Kopf nach hinten. »Sie sind ein bösartiger Mensch!« schrie er, und der Hofmeister wich zurück. »Erst lügen Sie mich an und dann quälen Sie mich die ganze Zeit mit diesem Kissen. Dabei habe ich es nach Ihnen geworfen. Legen Sie es sofort wieder hin und schauen Sie mich an.«

Der Hofmeister beugte sich zur Seite. »Ich kann mich gar nicht daran erinnern«, sagte er leise und legte das Kissen wieder auf den Boden. »Vielleicht bin ich Ihnen zu nah gekommen«, fuhr er fort, »aber ich versichere Ihnen, daß ich kein bösartiger Mensch bin. Ich habe Ihnen doch nur das Kissen reichen wollen. Sicherlich war das ein Fehler und Fehler sind eine schlimme Sache, aber sie liegen in der menschlichen Natur. Wegen eines Fehlers ist ein Mensch noch nicht böse.«

Der Fürst senkte den Blick und nickte. »Es war nicht richtig von mir, Ihnen Bosheit vorzuwerfen«, sagte er. »Wir sind wahrscheinlich einfach verschiedene Menschen. Der Mensch aber braucht einen Vertrauten, jemand, der ihm ähnlich ist. Wissen Sie«, fuhr er fort und hob ein Bein aus dem Bett, »obwohl ich weiß, daß Sie mit dem alten Verwalter eng befreundet waren, muß ich sagen, daß es auch ein Glück ist, daß er gestorben ist. Nur diesem Umstand verdanken wir es, daß der neue Verwalter bereits eingetroffen ist. Ich habe das Gefühl, daß Sie mir bis jetzt noch sehr viel verschweigen. Versuchen Sie ihn zu beschreiben. Ich kann mir noch kein Bild von ihm machen. Ich weiß nur, daß er von seinem Büro überwältigt war. Das hatte ich erwartet.«

»Sie verlangen zu viel von mir«, antwortete der Hofmeister.

»Ich kann doch wohl von Ihnen verlangen, daß Sie einen Menschen beschreiben«, sagte der Fürst. »Den alten Verwalter hätten Sie doch auch beschreiben können.«

Der Hofmeister nickte.

»Dann beschreiben Sie erst den alten Verwalter«, sagte der Fürst.

Der Hofmeister blickte sich kurz zur Tür um. »Sie kannten ihn doch ebenso gut wie ich.«

»Verweigern Sie sich nicht immer.«

»Ich möchte den alten Verwalter nicht beschreiben«, sagte der Hofmeister, »das müssen Sie doch verstehen. Er ist erst so kurz tot.«

»Nein«, sagte der Fürst, »das verstehe ich nicht. Ich weiß auch nicht, was es daran zu verstehen gibt, und ich verlange, daß Sie den alten Verwalter jetzt beschreiben.«

»Er war ein kleiner, vornehmer Mann, der immer freundlich war«, sagte der Hofmeister.

»Ist das alles?« fragte der Fürst.

»Ja«, sagte der Hofmeister.

»Wie konnten Sie mit einem Menschen befreundet sein, über den Sie so wenig zu sagen haben?« fragte der Fürst.

Der Hofmeister schwieg.

»Am Ende waren Sie vielleicht gar nicht mit ihm befreundet.«

Der Hofmeister schwieg noch immer.

»Wenn man so wenig über jemanden zu sagen weiß, kann man unmöglich mit ihm befreundet sein.«

Der Hofmeister trat einen Schritt zurück. »Ich möchte jetzt gehen«, sagte er.

»Sie können jetzt nicht gehen«, sagte der Fürst und stieg aus dem Bett. »Sie bleiben hier und beschreiben den neuen Verwalter.«

Der Hofmeister wandte sich zur Tür, aber der Fürst sprang ihm nach und hielt ihn am Arm. »Sie gehen nicht!« schrie er. »Sie beschreiben den neuen Verwalter.«

»Er ist krank«, holte der Hofmeister aus.

»Sie sind ein Lügner«, stieß der Fürst hervor, »das hätte doch in seinem Brief gestanden.«

»Wenn ich ein Lügner bin«, stammelte der Hofmeister, »dann ist der neue Verwalter ein noch viel schlimmerer.«

Der Fürst stieß den Hofmeister von sich. Der Hofmeister fiel auf die Knie, bedeckte das Gesicht mit den Händen und begann zu zittern. Der Fürst trat ans Fenster. »Er ist nicht krank«, sagte er und wandte sich wieder dem Hofmeister zu.

Der Hofmeister hob das verweinte Gesicht. »Was machen Sie nur mit mir«, schluchzte er.

»Stehen Sie auf«, sagte der Fürst. »Was für eine Krankheit soll es denn sein?«

»Sein linker Arm ist gelähmt.«

»Hat er Schmerzen?«

Der Hofmeister schüttelte den Kopf. »Ich glaube nicht.«

»Dann ist es doch keine Krankheit«, sagte der Fürst und blickte auf den Hofmeister, der noch immer auf dem Boden kniete. Dann trat er auf ihn zu, beugte sich zu ihm hinunter und hob ihn an den Schultern zu sich hinauf. »Ich bitte Sie«, sagte er, »wenn der neue

Verwalter keine Schmerzen hat, kann er nicht krank sein und wenn er nicht krank ist, dann ist er auch kein Lügner. Wenn Sie sich mit einem Brief um eine Stellung bei mir bewerben würden, verschwiegen auch Sie, daß Sie ein alter Mann sind. Deshalb wäre ich Ihnen doch nicht böse. Ich hätte Erbarmen mit Ihnen. Das müssen jetzt auch Sie aufbringen. Versuchen Sie sich eine Welt ohne Mitgefühl vorzustellen. Weder Sie noch ich wollten darin leben, und nun beruhigen Sie sich wieder. Ich brauche Sie heute nicht mehr. Bereiten Sie alles für unsere Rückkehr vor. Ich werde gleich zu dem neuen Verwalter gehen. Er erwartet mich schon. Ruhen Sie sich ein wenig auf dem Bett aus. Sie wissen, alles in diesem Zimmer steht zu Ihrer Verfügung. Legen Sie das Kissen zurück, machen Sie was Ihnen gefällt, denn Sie sind nicht nur mein Hofmeister, sondern auch mein alter Freund. Umarmen wir uns also zum Abschied.«

Der Hofmeister hob die Hände und legte sie dem Fürsten schwach an die Taille. Der Fürst griff nach den Händen, schob sie zurück, ging mit schnellen Schritten zur Tür und trat in den Gang.

Vor einem Fenster machte er halt und blickte in den Schloßhof hinunter. Dort stand schon die Kutsche. Der Fürst öffnete das Fenster in den warmen Tag und lehnte sich hinaus. Nichts rührte sich. Grau standen die Mauern um den sandigen Platz. Vom Gang her eilte ein Diener auf ihn zu. Der Fürst zog den Kopf zurück. Der Diener beugte noch im Lauf seinen Oberkörper vor und verneigte sich:

»Wünschen Sie etwas?«

»Nein«, antwortete der Fürst und blickte erneut zum Fenster hinaus. »Ich wundere mich nur, wo der Kutscher ist. Ich kann ihn nirgendwo entdecken. Eigentlich habe ich gehofft, daß er die Pferde schon angespannt hätte und auf der Kutsche warten würde. Vielleicht wollen wir bald aufbrechen. Weißt du«, fuhr der Fürst fort und wandte sein Gesicht dem Diener zu, »ich werde unruhig, wenn der Kutscher nicht bei der Kutsche ist. Vergangene Nacht habe ich kaum geschlafen. Wenn ich die Kutsche sehe, wird mir ein wenig bange. Ich habe schon lange keinen Ausflug mehr unternommen. Das letzte Mal war das Wetter schlecht. Die Kutsche versank tief im Schlamm. Ich betete, daß wir überhaupt wieder nach Hause kommen. Die Pferde waren am Ende ihrer Kräfte. Eine Kutschfahrt ist keine Kleinigkeit. Auch wenn das Wetter so schön ist wie heute, kann man nicht sagen, was unterwegs geschehen mag. Einige Wolken genügen bei uns für einen kräftigen Regen.« Der Fürst beugte sich weit aus dem Fenster, blickte zum Himmel hinauf, streckte den Arm vor und wies auf den Hof hinaus. »Siehst du die Wassertonne dort drüben an der Wand?« fragte er.

Der Diener trat einen Schritt vor und nickte.

»Vor ungefähr einem Jahr«, fuhr der Fürst fort, »lebte hinter dieser Tonne ein junger Hund. Niemand kümmerte sich um ihn und plötzlich war er verschwunden. Bestimmt weiß du, wo er geblieben ist. Er war sehr scheu und kam nur nachts hervor.« Der Fürst wandte sich wieder dem Diener zu. »Ich bin mir sicher, daß du ihn gesehen hast«, fuhr er fort. »Sag mir, was mit ihm geschehen ist.«

»Es tut mir leid«, antwortete der Diener und trat einen Schritt zurück, denn der Fürst starrte ihn aus großer Nähe an, »ich weiß es nicht. Es kommen so viele Hunde aus dem Dorf hierher, daß wir Schwierigkeiten haben, sie zu vertreiben.«

Der Fürst blickte zu Boden.

»Geh.«

»Soll ich dem Kutscher etwas ausrichten?« fragte der Diener.

»Er soll die Pferde anspannen und sich bereithalten«, sagte der Fürst. »Verschwinde«, zischte er dem Diener hinterher, und als er die Schritte im Gang verklingen hörte, sank er an die Wand.

Es war vor einem Jahr, daß der Fürst, eines Abends, vom Fenster seines Arbeitszimmers aus, einen abgemagerten Hund hinter der Wassertonne hervorkriechen sah. Geduckt schlich er über den Hof und verschwand dann wieder hinter der Tonne. Am nächsten Tag kam er zur gleichen Zeit hervor, und am dritten Tag ließ sich der Fürst eine Hühnerkeule hinauf in sein Arbeitszimmer bringen. Als der Hund am Abend erschien, öffnete der Fürst das Fenster. Erschreckt flüchtete der Hund in sein Versteck zurück. Der Fürst wartete, bis es dunkel war. Der Hund zeigte sich nicht mehr. Am folgenden Tag öffnete der Fürst sein Fenster schon am Nachmittag, und vom frühen Abend ab wartete er mit der Hühnerkeule, die er aufbewahrt hatte, auf den Hund. Nichts rührte sich auf dem Hof, und da der Fürst müde wurde, warf er die Keule in die späte Dämmerung hinaus. Am nächsten Mittag, als der Fürst in sein Arbeitszimmer trat, war die Hühnerkeule nicht mehr da. Am Abend öffnete er wieder das Fenster. Der Wind wehte heftig. Der Fürst schlug den Kragen seines Mantels hoch und sah den Hund hinter der Tonne hervorkriechen. Zielstrebig lief er zu der Stelle, wo gestern die Keule gelegen hatte, schnüffelte und hob den Kopf zum Fenster des Fürsten hinauf. Dann drehte er sich um und schlich hinter die Tonne zurück. Es wurde dunkel, alle Lichter erloschen. Der Fürst stand noch immer am Fenster. Seine Wangen wurden vom Wind immer kälter, dann von den Tränen, die über sie hinwegflogen, eisig und taub. Im ganzen Schloß war es jetzt still. Der Fürst schloß das Fenster, entzündete eine Kerze und schlich den Gang entlang, die Treppen hinunter, zum Hof hinaus. Schon der erste Windstoß blies die Kerze aus, und der Fürst überquerte, die Arme vor sich gestreckt, mit winzigen Schritten den Hof. Als er die Wassertonne ertastete, kniete er nieder und kroch zum Versteck des Hundes hin. Der Hund winselte, bebte vor Angst und versuchte noch tiefer in den Winkel zu kriechen. Der Fürst griff in sein Fell und riß den Hund an sich. Dann schlich er zurück. Niemand bemerkte ihn. Der Hund lag regungslos an seiner Brust und hatte sich mit der Schnauze in die Armbeuge des Fürsten gewühlt. Der Fürst brachte ihn in sein Schlafgemach und setzte ihn auf den Boden nieder. Der Hund flüchtete unter das Bett und verendete am nächsten Abend. Wieder stieg der Fürst nachts die Treppe hinunter und legte den Hund hinter die Tonne. Doch schon am folgenden Tag schien es ihm unmöglich, daß der Hund wirklich tot sein sollte. Nachmittags stand er wieder am Fenster seines Arbeitszimmers. Fast war es schon dunkel. Plötzlich sah er, wie eine Pfote hinter der Tonne hervorkam. Vor Freude wagte er nicht mehr aus dem Fenster zu blicken. Als er ein paar Nächte später wieder in den Hof hinunterstieg, war der Hund verschwunden. Der Fürst trat zurück ans Fenster. Der Diener überquerte den Hof in Richtung Stall. Der Fürst zog den Kopf zurück. Noch nie hatte er mit jemanden über den Hund gesprochen oder andere über ihn reden hören. Dabei wußte er, daß die Diener sich über alles, was im Schloß vorfiel, unterhielten. Nichts verbargen sie voreinander. Über einen toten Hund hätten sie bestimmt oft gesprochen. Zufällig hätte er es irgendwann hören müssen. Daß sich häufig Hunde in den Hof verirrten, konnte er nicht glauben. Der Fürst kannte den Hof zu genau. Ruhe, wie heute, war selten. Der Fürst hörte die Stimme des Dieners und spähte aus dem Fenster. Der Diener stand mit dem Kutscher nahe an der Wassertonne und blickte zum Fenster des Fürsten hinauf. Der Fürst wich zur Seite, duckte sich, schlich unter dem Fenster hinweg und eilte den Gang hinunter, dem Büro des neuen Verwalters entgegen.

Die Tür war nur angelehnt.

Der Fürst schlich auf sie zu, zog sie lautlos auf, hielt den Atem an und beugte sich in den Raum. Dann trat er einen Schritt zurück, schob die Tür zu, vergewisserte sich, daß er allein im Gang war, schloß die Augen und holte tief Luft.

Der Raum war herrlich. Schön standen die Regale an der Wand. Die Sonne drang durch das Fenster und spiegelte sich auf dem Boden. Der Fürst hob eine Hand zum Kopf hinauf und strich sich mit den Fingerkuppen über die Schläfe. Er sah die Regale vor sich. Seine Finger ertasteten die Stirn. Er erblickte den Tisch, und sein Herz begann zu klopfen. Vor dem Tisch saß hoch aufgerichtet, den Rücken ihm zugewandt, sein neuer Verwalter. Der Fürst öffnete die Augen, ließ die Hand auf die Klinke niedersinken und zog die Tür auf.

Der neue Verwalter verbeugte sich. Der Fürst stand im Gang. Noch immer hielt er die Klinke in der Hand. Dann trat er ein, schloß die Tür und ging auf die Regale zu. Er zog eine Akte hervor, wog sie in der Hand und warf dem neuen Verwalter einen Blick zu. Er war überrascht, wie groß und dünn sein neuer Verwalter war, stellte die Akte ins Regal zurück, wandte sich ihm zu, lächelte, und sein Blick fiel auf den linken Arm des neuen Verwalters. Der neue Verwalter griff mit der rechten Hand um seine Brust herum und schob den Arm hinter seinen Rücken.

Der Fürst löste den Blick von ihm, schlenderte auf das Fenster zu, öffnete es und lehnte sich hinaus.

Der Kutscher führte, in jeder Hand ein Halfter, zwei Pferde aus dem Stall. Unwillig schüttelten sie ihre Köpfe, so daß der Kutscher hin und her gezerrt wurde.

Der Fürst richtete sich im Raum auf. »Es ist ein herrlicher Tag!« rief er und streckte sich. »Ich werde einen Ausflug unternehmen«, fuhr er fort und wandte sich dem neuen Verwalter zu.

Der neue Verwalter blickte ihn an.

Der Fürst wies zum Fenster. »Eine Kutsche steht bereits auf dem Hof«, sagte er. »Ich möchte, daß Sie mich begleiten. Gerade werden die Pferde angespannt, doch müssen wir uns deshalb nicht beeilen.« Der Fürst klatschte in die Hände und trat einige Schritte auf den neuen Verwalter zu. »Haben Sie eine gute Reise gehabt?« fragte er.

Der neue Verwalter nickte.

»Der Hofmeister hat mir berichtet«, fuhr der Fürst fort, »daß Sie gestern nacht ankamen. Es war sehr spät.«

»Es war bereits nach Mitternacht«, antwortete der neue Verwalter. »Ich habe befürchtet, nicht mehr eingelassen zu werden. Zufällig hörte ein Bediensteter mein Klopfen, obwohl ich keinen großen Lärm verursacht habe.«

»Wo haben Sie denn so spät noch geklopft?« fragte der Fürst.

»Im Dienstbotenflügel«, antwortete der neue Verwalter. »Durch einen Spalt in der Tür habe ich gesehen, daß in einem hinteren Raum noch Licht brannte.«

»Und wenn Sie nicht gehört worden wären?« fragte der Fürst.

»Das wäre sehr unerfreulich gewesen«, antwortete der neue Verwalter. »Nachts ist es noch sehr kalt. Ich hätte bis zum Morgen warten müssen. Schon unterwegs wurde mir kühl.«

»Das ist eine merkwürdige Geschichte«, sagte der Fürst und begann im Raum auf und ab zu gehen. Dann blieb er stehen, fuhr sich mit der Hand über das Haar und ließ sie im Nacken liegen. »Mein Bediensteter hätte denken können, daß Sie ein Fremder sind, der sich auf den Hof verirrt hat«, sagte er. »Niemals hätte er Sie dann eingelassen.«

»Ich hatte mich bereits nach einem Winkel umgesehen, in dem ich die Nacht verbringen könnte«, sagte der neue Verwalter. »Wenn das Licht nicht gebrannt hätte, hätte ich nicht mehr gewagt zu klopfen. Es schien mir nicht anständig, zu dieser Zeit noch vorzusprechen. Schon auf dem Weg habe ich gehofft, von niemandem mehr gesehen zu werden. Man hätte mich für einen Herumtreiber halten können. Der Mond schien hell vom Himmel, so daß ich mich nicht verirren konnte. Trotzdem war mir bei dieser nächtlichen Wanderung nicht wohl. Ich fühlte mich fast wie jemand, der etwas zu verbergen hat.«

»Haben Sie denn etwas zu verbergen?« fragte der Fürst.

»Um Gottes willen!« rief der neue Verwalter. »Es war nur die Einsamkeit, die mich auf diese Gedanken brachte. Sie setzten sich im Kopf fest, und obwohl ich kein ängstlicher Mensch bin, schreckte ich selbst vor kleinsten Geräuschen zurück.« Der neue Verwalter hob den Kopf und schaute sich im Raum um. »Wenn ich geahnt hätte«, fuhr er fort, »was für ein wundervolles Büro mich erwartet und daß mich der Fürst darin am nächsten Morgen aufsuchen wird, wären mir diese Gedanken niemals gekommen.«

Der Fürst trat auf den Tisch zu. »Ich bin froh, daß Sie hier sind«, sagte er. »Die ganze Nacht habe ich nicht geschlafen. Wenn ich die Augen schloß, war mir, als würde ich Sie sehen. Einsam schritten Sie auf das Schloß zu und ich öffnete die Augen wieder, erhob mich, trat ans Fenster und blickte in die Dunkelheit hinaus.« Der Fürst stieß sich von der Tischkante ab und begann wieder auf und ab zu gehen. »Bei jedem Geräusch schreckte ich auf«, fuhr er fort, »einmal glaubte ich vom Hof her ein schwaches Klopfen zu hören, richtete mich auf und horchte. Alles war still und ich beruhigte mich damit, daß es nur mein eigenes Herz war.« Der Fürst blieb stehen und wandte sich zu dem neuen Verwalter um. »War der Bedienstete freundlich zu Ihnen?« fragte er.

Der neue Verwalter nickte.

Der Fürst ließ den Blick nicht von ihm. »Und wenn er Sie nicht eingelassen hätte«, flüsterte er. »Stellen Sie sich vor, er hätte Sie nicht eingelassen«, fuhr er mit kräftiger Stimme fort und legte die Hände vor die Augen. »Erschöpft lehnen Sie an der Tür und sehen das Licht erlöschen. Ein letztes Mal heben Sie die Hand, um zu klopfen, und sinken müde nieder. Warm dringt es von drinnen an Ihren Rücken und Sie schmiegen sich noch fester an den Spalt in der Tür.« Der Fürst ließ seine Hände aus dem Gesicht fallen. »Am nächsten Morgen wecken Sie schwere Schritte«, fuhr er leise fort. »›Ein Fremder liegt auf der Schwelle‹, hören Sie eine Stimme. ›Wir müssen ihn vertreiben!‹ ruft eine andere streng hinterher, und Sie richten sich auf und wollen antworten, aber Ihre Lippen sind noch taub von der kalten Nacht. Schon dreht sich der Schlüssel im Schloß, und Sie werfen einen Blick über den Hof.« Der Fürst riß den Arm vor und wies auf die Regale. »Dort steht eine Wassertonne!« rief er, trat einige Schritte auf die Regale zu und ließ den Arm wieder sinken. »Den ganzen Tag halten Sie sich hinter der Tonne versteckt«, fuhr er mit schwacher Stimme fort und wandte sich zu dem neuen Verwalter um. »Erst wenn es dunkel und ruhig auf dem Hof ist, strecken Sie den Kopf hervor. In einem der oberen Fenster brennt ein kleines Licht, doch wagen Sie nicht aufzublicken. Zaghaft kriechen Sie hinter der Tonne hervor und richten sich auf. Plötzlich hören Sie die Tür knarren und fahren zusammen. ›Es ist nur der Wind‹, trösten Sie sich, doch da erblicken Sie das Licht auf dem Hof. Kurz flackert es auf, erlischt, und durch die Finsternis kommen Schritte auf Sie zu.« Der Fürst hielt inne und warf den Kopf in die Hände.

Der neue Verwalter hielt die Kante des Tisches umgriffen. Seine Augen wanderten über ihn hinweg. Dann richtete er seinen Blick auf den Fürsten.

Der Fürst sank zusammen.

Der neue Verwalter atmete durch, trat um den Tisch herum auf den Fürsten zu und legte ihm die Hand auf die Schulter. »Bitte sein Sie nicht so traurig«, sagte er. »Es ist ein schöner Tag. Sie werden doch nicht vergessen haben, daß Sie einen Ausflug unternehmen.«

Der Fürst hob den Kopf und blickte auf die Hand des neuen Verwalters.

Der neue Verwalter nahm die Hand von der Schulter, trat auf das Fenster zu, blickte hinaus und wandte sich wieder dem Fürsten zu. »Es ist eine schöne Kutsche«, sagte er. »Ich sehe bereits, wie Sie die Hügel hinauf und hinab fahren. Die Bäume schwanken im Wind, Hasen jagen über die Felder, aus dem Wald gucken Rehe und die Bauern spazieren, ein leichtes Werkzeug in der Hand, die Wege auf und nieder und halten ihre Gesichter in die Sonne. Da sie die Kutsche erblicken, heben sie zum Gruß ihre Äxte, Sensen oder Hämmer und die Frauen reißen sich die Tücher vom Kopf, um sie in der Luft zu schwenken. Dann fahren Sie in die Dörfer. Vor den Türen sitzen auf kleinen Bänken die Großväter und Großmütter, und die Kinder springen von ihren Schößen, laufen lachend neben der Kutsche einher und winken Ihnen nach, bis ihre Gelenke erlahmen.«

Der Fürst trat mit schnellen Schritten auf den neuen Verwalter zu. »Sie machen Sich über mich lustig!« rief er.

Der neue Verwalter senkte den Kopf. »Keinesfalls«, sagte er, »ich wollte Sie nur ein wenig aufmuntern. Als Sie zur Tür hereinkamen, waren Sie heiter und guter Laune, doch dann wirkten Sie mit einem Mal unglücklich.«

»Ich kann jeden Tag in der Kutsche fahren«, sagte der Fürst. »Ich kenne mein Reich und weiß, wie schön es ist. Das müssen Sie mir nicht erzählen.«

Der neue Verwalter hob den Kopf. »Das war auch nicht meine Absicht«, sagte er. »Ich habe gehofft, Sie durch meine Rede fröhlicher stimmen zu können. Mir schien, daß Sie etwas bedrückte.«

»Das ist kein Grund, mir von dieser Kutschfahrt zu erzählen«, sagte der Fürst, trat zum Fenster vor und wandte sich wieder dem neuen Verwalter zu. »Warum sind Sie, bevor Sie mit Ihrer unnützen Rede kamen, an das Fenster getreten?« fragte er streng.

Der neue Verwalter zuckte schief mit den Schultern. »Ich weiß nicht«, sagte er.

»Das wissen Sie nicht?«

»Wahrscheinlich«, sagte der neue Verwalter und schlug sich mit der Hand kurz auf die Stirn, »bin ich zum Fenster gegangen, weil das Wetter schön ist.«

»Sie machen sich noch immer über mich lustig«, sagte der Fürst und seine Stimme hallte laut im Raum. »Sie sind zum Fenster gegangen, um nachzusehen, ob die Wassertonne wirklich auf dem Hof steht.«

Der neue Verwalter schüttelte den Kopf.

Der Fürst starrte ihn an. Wieder sammelten sich Tränen in seinen Augen und sein Kopf sank traurig nieder. »Ich weiß, daß es so ist«, sagte er und fuhr sich mit der Hand über das Gesicht. »›Was ist denn das für ein Fürst?‹ denken Sie und lachen versteckt in sich hinein. ›Er muß nur mit der Kutsche hinausfahren, und schon jubelt das Volk ihm zu und feiert ihn. Aber er bleibt im Schloß. Den ganzen Tag geht er in seinem Zimmer auf und ab, und nachts steigt er in den Schloßhof hinunter und schließt einen kranken Hund in seine Arme.‹« Wieder begann der Fürst zu schluchzen.

Der neue Verwalter zögerte eine Weile und beugte sich zu ihm hinunter. »Das ist sehr großmütig von Ihnen«, sagte er. »Sie müssen doch deshalb nicht traurig sein. Ich an Ihrer Stelle wäre stolz auf mich. Ich möchte Ihnen etwas erzählen.«

Der Fürst hob den Kopf und schaute den neuen Verwalter mit trüben Augen an.

Der neue Verwalter richtete sich auf. »Unser Nachbar hatte eine Katze. Es war ein großes, schwarzes Tier. Immer wenn ich aus dem Haus trat, strich sie um meine Beine herum. Meine Mutter liebte die Katze nicht sehr, und es war mir verboten, sie ins Haus zu locken. Trotzdem habe ich mich, sobald ich meine Mutter in einiger Entfernung wußte, in die Küche geschlichen und die Katze leise gerufen. Mit einem Satz sprang sie auf die Fensterbank und schnurrte mir zu, denn sie wußte, daß ich ihr Milch geben würde.«

Der Fürst senkte den Blick auf den Boden. »Das hätte ich auch getan«, sagte er und schaute zu dem neuen Verwalter auf. »Das ist eine schöne Geschichte. Ich möchte sie noch einmal hören!« rief er und seine Augen begannen zu strahlen. »Den ganzen Tag werden wir im Büro verbringen. Wir haben uns noch viel zu erzählen.« Der Fürst drehte sich um und beugte sich zum Fenster hinaus.

»Kutscher!« rief er.

Der Kutscher fuhr zusammen und blickte zum Fenster hinauf.

»Fahren Sie!« rief der Fürst.

»Wohin?« rief der Kutscher.

»Das wissen Sie doch!«

Der Kutscher schüttelte den Kopf.

Der Fürst wies mit dem Arm zum Hof hinaus. »Fahren Sie!« rief er wieder und wartete, bis die Kutsche sich in Gang gesetzt hatte. Dann schloß er das Fenster, wandte sich zu dem neuen Verwalter um und breitete die Arme aus. »Mein ganzes Leben könnte ich hier verbringen!« rief er. »Es ist ein herrliches Büro! Ich werde mir einen Tisch hereinbringen lassen. Dann sitzen wir immer zusammen.« Der Fürst blickte zu dem neuen Verwalter auf. »Ist das nicht wunderbar?« fragte er.

Der neue Verwalter lächelte dem Fürsten zu. »Es macht Freude, Sie so zu sehen«, sagte er. »Sie scheinen Ihre gute Laune zurückgewonnen zu haben.«

Der Fürst klatschte in die Hände. »Ich fühle mich glücklich!« rief er. »Mir ist, als könnte mich ein Windstoß durch den Raum treiben. Die Wände küsse ich und dann fliege ich aus dem Fenster hinaus, über das Reich hinweg, einem neuen Stern entgegen.« Der Fürst rieb sich die Hände. »Erzählen Sie mir jetzt die Geschichte noch einmal«, sagte er.

»Da ist nicht viel mehr zu erzählen«, sagte der neue Verwalter. »Ich habe der Katze ein Tellerchen auf die

Fensterbank gestellt und ihr ein bißchen Milch darauf geträufelt.«

»Sie haben der Katze nur ein bißchen Milch gegeben?« fragte der Fürst.

»Nur ein paar Tropfen«, antwortete der neue Verwalter. »Meine Mutter hatte immer ein wachsames Auge auf die Milch gerichtet. Es wäre ihr sofort aufgefallen, wenn mehr Milch gefehlt hätte.«

Der Fürst sah sich um. »Hier hält niemand ein wachsames Auge auf uns gerichtet«, sagte er. »Wir können tun, was wir wollen.«

Der neue Verwalter lächelte wieder. »Das gilt nur für Sie«, sagte er. »Sie dürfen den Tag verbringen, wie Sie es wünschen, ich aber muß arbeiten.«

Der Fürst schüttelte den Kopf. »Sie müssen nicht arbeiten«, sagte er.

»Ich arbeite gerne«, sagte der neue Verwalter und reckte sich in die Höhe. »Sie werden stolz darauf sein, wie fleißig ich bin. Bevor Sie kamen, habe ich mich bereits in dem Regal umgeschaut, nur wußte ich nicht, welche Akte ich mir zuerst vornehmen sollte. Aber was rede ich da! Das ist nicht Ihre Sorge. Ich werde mir jetzt eine Akte nehmen und sie von der ersten Seite an gründlich durchsehen.«

Der Fürst stellte sich dem neuen Verwalter in den Weg. »Sie arbeiten jetzt nicht«, sagte er und hob seine Stimme streng an. »Sie haben wohl vergessen, wer bei Ihnen ist!«

Der neue Verwalter schüttelte den Kopf. »Wie sollte ich das vergessen«, sagte er und fuhr sich mit der Hand über die Stirn. »Es ist für mich eine große

Freude, sich mit Ihnen zu unterhalten. Ich führe ein kleines Leben. Das müssen Sie entschuldigen. Versuchen Sie sich in meine Lage zu versetzen. Erst werde ich in einen Raum geführt, in dem sonst nur Könige empfangen werden, und erfahre, daß es mein Büro ist, und wenig später kommen Sie zur Tür herein. Ein edler Mensch beglückt mich mit seiner Anwesenheit, und ich habe die Ehre, mit ihm eine Unterhaltung zu führen.«

Der Fürst trat einen Schritt zurück und streckte dem neuen Verwalter die Arme entgegen. »Ich verzeihe Ihnen«, sagte er. »Es tut mir leid, wenn ich zu laut gesprochen habe. Wir sollten für eine Weile schweigen. Es genügt mir, daß ich weiß, daß Sie bei mir sind.« Der Fürst atmete tief durch und richtete seine Augen zu dem Gesicht des neuen Verwalters hinauf. »Es ist schön, Sie anzusehen«, sagte er.

Der neue Verwalter blickte an sich hinunter, dann strich sein Blick am Fürsten vorüber zum Schreibtisch und blieb auf den Regalen haften.

Der Fürst drehte seinen Kopf zur Tür hin. »Haben Sie gehört?« fragte er und duckte sich. »Es hat geklopft.«

Der neue Verwalter sah auf die Tür. »Ich habe nichts gehört«, sagte er.

Der Fürst starrte zu ihm hinauf. »Es klopft immer, wenn ich glücklich bin«, sagte er. Der neue Verwalter wich seinem Blick aus.

Der Fürst trat einen Schritt zurück und senkte seinen Kopf. »Wir saßen auf dem Boden«, begann er, »der Hund schlief. Dann klopfte es. Der Hund sprang auf und brach zusammen. Hastig senkte sich sein Brustkorb auf und nieder und ich hielt mir ein Kissen vor das Gesicht. Dann war es ruhig. ›Komm‹, sagte ich, ›komm doch‹, aber er rührte sich nicht mehr. Den ganzen Abend bis tief in die Nacht stand ich am Fenster. Dann hob ich ihn auf meinen Arm hinauf, trug ihn auf den Hof hinunter und legte ihn hinter die Tonne zurück.« Der Fürst blickte zu dem neuen Verwalter auf. »Im Schloß hielt man mich für krank«, fuhr er fort. »Meine Augen waren geschwollen, und der Hofmeister bat, ich möge mich schonen, aber ich bestand darauf, mich nicht ins Bett zu legen. Den ganzen Tag verbrachte ich am Fenster. Plötzlich glaubte ich, daß der Hund wieder lebte. Mein Herz raste, daß ich kaum stillstehen konnte. Dennoch wartete ich, bis es fast dunkel war, und als ich mich schon wegwenden wollte, streckte er für einen Augenblick seine Pfote hinter der Tonne hervor. Die ganze Nacht konnte ich vor Glück nicht schlafen. Den folgenden Tag verbrachte ich voller Ungeduld. Nachts stieg ich wieder in den Hof hinunter. Der Hund war verschwunden. Ich weiß nicht, wo er geblieben ist. Immer stehe ich am Fenster und halte Ausschau nach ihm.« Der Fürst ballte beide Hände zu Fäusten. »Glauben Sie, daß ich die Pfote wirklich gesehen habe?« fragte er.

Der neue Verwalter trat einen Schritt zurück. »Ganz bestimmt«, sagte er.

Der Fürst stürzte auf ihn zu und klammerte sich mit den Händen an seinen Armen fest. »Sie glauben, ich habe ihn gesehen!« rief er.

Der neue Verwalter lehnte seinen Oberkörper zurück. Der Fürst griff noch fester zu. »Sagen Sie mir, daß auch Sie ihn gesehen haben«, stöhnte er.

Der neue Verwalter beugte den Kopf zur Seite. »Das wäre nicht wahr«, stammelte er.

Der Fürst ließ ihn los und drehte sich um. »Dann ist er tot«, sagte er und sank zusammen.

Der neue Verwalter wartete, bis sein Herz sich wieder beruhigt hatte und beugte sich zu dem Fürsten hinunter. »Er ist nicht tot«, sagte er.

»Woher wollen Sie das wissen?« fragte der Fürst.

»Weil Sie seine Pfote gesehen haben«, antwortete der neue Verwalter. »Das genügt, um zu wissen, daß er noch lebt. Irgendwo in der Nähe des Schlosses streift er herum und springt freudig auf einen Wanderer zu. Glücklich ziehen sie durch den hellen Tag, und zum Abschied greift der Wanderer in seinen Ranzen hinein, nimmt etwas zu Essen heraus und teilt es mit ihm.«

Der Fürst wandte sich noch immer nicht um. »Sie wollen mir Mut machen«, sagte er.

Der neue Verwalter richtete sich wieder auf. »Das käme mir nicht in den Sinn«, sagte er. »Ich bin leider erst seit einem Tag hier, aber trotzdem habe ich schon erfahren, wie großherzig die Menschen in dieser Gegend sind. Der Hund muß weder hungern noch betteln. Selbst der Ärmste teilt mit ihm das Wenige, das er besitzt.«

Der Fürst wandte sich mit einem Ruck um und hob den Kopf zum neuen Verwalter auf. »Es gibt keinen Menschen, der so gut zu ihm ist, wie ich es war.«

Der neue Verwalter nickte.

»Beschreiben Sie mir jetzt jeden Hund, den Sie unterwegs gesehen haben«, sagte der Fürst.

Der neue Verwalter zuckte zusammen. »Ich habe nicht darauf achtgegeben«, sagte er. »Wenn ich gewußt hätte, was Ihnen das bedeutet, hätte ich mir jeden Hund eingeprägt. So aber bin ich nur gedankenverloren meinen Weg gegangen.«

Der Fürst senkte den Kopf. »Sie wollen mir nicht helfen«, sagte er.

»Ich wünschte, ich könnte es«, sagte der neue Verwalter, »doch auch wenn ich mich bemühe, mir den letzten Teil des Weges ins Gedächtnis zurückzurufen, so will es mir nicht gelingen. Ich war schon zu müde. Den zweiten Tag war ich bereits unterwegs. Die Nacht habe ich auf einer schmalen Bank in einer Bauernstube verbracht. Die netten Leute beschrieben mir den Weg bis zum Schloß und gaben mir am nächsten Morgen als Begleitung bis zum nächsten Dorf ihre jüngste Tochter mit. Wir hatten viel Spaß miteinander, weil sie unaufhörlich drollige Fragen gestellt hat. Darf ich Ihnen erzählen, was sie alles wissen wollte?«

Der Fürst hob den Kopf.

»Zuerst«, begann der neue Verwalter, »hat sie von mir ...«

»Das will ich nicht hören«, unterbrach ihn der Fürst und begann im Raum auf und ab zu gehen. »Ich glaube Ihnen nicht, daß Sie so müde waren, wie Sie behaupten gewesen zu sein. Und selbst wenn es wahr wäre, so hätten Sie bemerken müssen, wenn ein Hund Ihnen gefolgt wäre, wenn er gewinselt und Sie mit seinem Blick angefleht hätte.« Der Fürst blieb stehen und wandte sich zu dem neuen Verwalter um. »Stellen Sie sich vor, Sie haben nichts außer den Kleidern, die Sie tragen. Zerrissen hängen sie an Ihnen hinunter. Den ganzen Tag haben Sie nichts gegessen. Gekrümmt vor Kälte stehen Sie taub in der Nacht und hoffen nur, daß der Morgen ein bißchen Wärme bringt. Dann vernehmen Sie Schritte. Ein Herr spaziert an Ihnen vorüber. ›Was ist das für ein Glück‹, jubeln Sie und schleichen neben ihm einher. ›Bitte‹, wagen Sie nach einer Weile leise zu ihm hinauf zu sprechen, aber er scheint Sie nicht zu hören, und nun strecken Sie Ihren dünnen Arm vor ihm aus und öffnen Ihre Hand, aber er blickt nicht zu ihr hinunter. Schon beginnen Sie kraftlos zu taumeln. Einige Meter versuchen Sie ihm noch zu folgen, dann bleiben Sie zurück und brechen am Wegrand zusammen.« Der Fürst eilte auf den neuen Verwalter zu, hielt ihm seine Hand hin, schob mit der anderen den Ärmel seiner Jacke hoch und krampfte die Finger in die Höhe. »So«, sagte er, »sieht die Hand eines Bettlers aus.« Dann ließ er den Arm fallen und blickte benommen vor sich hin.

Der neue Verwalter sah auf seine Stiefel hinunter. »Ich habe in meinem Leben bisher nur wenige Bettler gesehen«, sagte er nach einer Weile. »Ich bin nicht weit herumgekommen. In unserem Ort gab es keine Bettler und es kam nur selten vor, daß sich welche zu uns verliefen. An ein Ereignis jedoch werde ich mich immer erinnern. Wenn Sie es hören möchten, erzähle ich es Ihnen gern.«

Der Fürst nickte träge.

»Einmal«, begann der neue Verwalter, »als ich mit meiner Mutter und meinem Bruder über den Markt ging, erblickte ich zwischen den Ständen einen Jungen. Eines seiner Hosenbeine war hochgekrempelt, aber das Bein fehlte ihm und ich fragte meine Mutter, wie er es hat verlieren können. Meine Mutter antwortete mir, daß er ein armer Junge sei, dem seine Mutter, da sie wollte, daß er Bettler werde, als er noch ganz klein war, das Bein abgeschnitten habe. Dann fragte sie mich, ob ich ihm eine Münze geben wolle, drückte sie mir in die Hand und schob mich in seine Richtung. Als ich mich ihm näherte, ließ sich der Junge nach hinten fallen, streckte seinen Stumpf in die Höhe und unter einem benachbarten Stand kam ein kleines Mädchen auf ihn zugekrochen, das in seinen dreckigen Händen einen Teller hielt. Fröhlich lachte sie mich an und legte den Teller auf den Stumpf des Jungen auf. Ich blickte mich nach meiner Mutter um. Sie nickte mir zu und ich streckte die Hand, in der ich die Münze hielt, zu dem Teller hin und wollte sie gerade hineinlegen, als das Mädchen plötzlich an meinem Hosenbein riß. Ich stieß gegen den Teller und sah, wie er in das Gesicht des Jungen hinunterfiel. Das Mädchen klatschte in die Hände. Der Junge drehte sich blitzschnell der Münze nach, die über den Boden rollte. Dann richtete er sich zu mir auf. Aus seinen Lippen kam Blut, aber er leckte nur darüber hinweg und lächelte mich an.«

»Ist das die ganze Geschichte?« fragte der Fürst.

Der neue Verwalter nickte.

»Ich wußte gar nicht, daß Sie einen Bruder haben«, sagte der Fürst.

Der neue Verwalter senkte den Blick. »Ich hatte einen Bruder«, sagte er. »Er ist gestorben. Er war immer kränklich und durfte sich nicht aufregen. Als der Teller hinunterfiel, hat meine Mutter ihn an der Schulter genommen und weggedreht. Wenn er gesehen hätte, wie das Blut aus den Lippen des Jungen kam, hätte ihn dieser Anblick für immer verfolgt.«

»Kam denn viel Blut aus den Lippen des Jungen?« fragte der Fürst.

Der neue Verwalter nickte.

»Das ist keine schöne Geschichte«, sagte der Fürst, »ich hoffe, daß sie dem Jungen eine Lehre war und er jetzt nicht mehr betteln geht.«

»Das wünschte ich auch«, sagte der neue Verwalter, »aber ich fürchte, er wird noch immer betteln. Diese Menschen kennen nichts anderes. Seine ganze Familie lebt im Elend.«

»Das ist schrecklich«, sagte der Fürst.

»Das sind Menschen«, fuhr der neue Verwalter fort, »die sich nirgends zu Hause fühlen. Sie ziehen von Ort zu Ort. Die Männer arbeiten nicht und die Frauen sitzen nur da. Der Junge ist der einzige, der sie ernährt. Ohne ihn würden sie unterwegs verhungern. Deswegen gehen die Mütter mit ihren frisch geborenen Kindern in den Wald und schneiden ihnen einen Arm oder ein Bein ab. Wenn die Kinder sterben, lassen die Mütter sie im Wald liegen, und diejenigen, die überleben, werden auf die Straße geschickt, um zu betteln.«

Der Fürst starrte zu dem neuen Verwalter auf.

»Ist das wahr«, flüsterte er. Der Fürst preßte seine Fäuste an die Brust. »Das sind doch keine Menschen!«

schrie er, »kein Mensch kann einem Kind das Bein abschneiden!«

Der neue Verwalter legte die Hand vor den Mund. »Beruhigen Sie sich wieder«, sagte er und beugte sich zu dem Fürsten vor. »Ich werde Sie hinauf in Ihr Zimmer bringen. Sie sollten ein wenig ausruhen.«

Der Fürst schüttelte den Kopf. »Ich will nicht ins Bett«, sagte er.

»Soll ich einen Diener rufen?« fragte der neue Verwalter.

»Bitte!« rief der Fürst, »bitte keinen Diener!«

»Ich muß doch etwas für Sie tun können«, sagte der neue Verwalter.

Der Fürst trat vor, umfaßte die Taille des neuen Verwalters und legte seine Stirn an dessen Brust.

»Ich habe eine schreckliche Ahnung«, flüsterte er und hob den Blick zu ihm auf. »Es muß, außer mir, noch jemanden gegeben haben, der das Versteck des Hundes kannte. Er muß auf dem dunklen Hof gestanden und beobachtet haben, wie ich den Hund wieder hinter die Tonne zurückgelegt habe. Dann ist er hervorgekommen und hat den Hund hinaus in den nächsten Wald getragen. Dort hat er ihm die Pfote abgeschnitten und ihn ins Dickicht geworfen. Dann hat er sich zurück auf den Hof geschlichen und jetzt wartet er hinter der Tonne nur auf den Abend, um die Pfote vorzuzeigen, weil er weiß, daß ich am Fenster stehen und sie sehen werde.«

Der neue Verwalter schüttelte mehrmals den Kopf. »Es ist verständlich«, sagte er dann, »daß Sie sich nach allem, was ich Ihnen erzählt habe, große Sorgen machen, aber ich versichere Ihnen, daß sie gänzlich unnötig sind. Ein Bettler würde sich niemals auf Ihren Schloßhof wagen.«

Der Fürst blickte kurz zur Tür. »Und wenn dieser Mensch gar kein Bettler war«, sagte er, »sondern jemand, der im Schloß lebt, der alle Räume kennt?«

»Warum sollte das jemand tun«, antwortete der neue Verwalter. »Hier leben doch vernünftige Menschen. Hören Sie mir zu«, fuhr er fort, atmete tief durch und legte die Hand auf seine Brust. »Ich bin mir ganz gewiß, daß dem Hund nichts zugestoßen ist. Er lebt und wird ins Schloß zurückkehren. Niemals hat er die Stunden, die er mit Ihnen verbrachte, vergessen. Nachts rollt er sich in einer Scheune zusammen, ißt und trinkt von dem, was eine Bäuerin ihm reicht und ist so satt und zufrieden, daß er gleich die Augen schließen möchte, aber der Schlaf will nicht über ihn kommen. Sein Hundeherz pocht aufgeregt, denn er spürt, daß es einen Menschen gibt, der großzügiger und freundlicher war als jede Großzügigkeit und Freundlichkeit, die ihm jetzt zuteil wird, und da er endlich die Augen schließt, erstehen Sie wieder vor ihm auf und er legt sich zu Ihren Füßen nieder und findet nun erst die Ruhe, die sein Herz selig schlagen läßt.« Der neue Verwalter lächelte dem Fürsten zu. »Er wird munter zu Ihnen zurückkehren«, sagte er.

Der Fürst blickte ihn eine Weile schweigend an. Dann hob er eine Hand zu seinem Gesicht hinauf und betrachtete sie von allen Seiten. »Wissen Sie, was er getan hat?« fragte er.

Der neue Verwalter schüttelte den Kopf.

»Er hat mir über diese Hand geleckt«, sagte der Fürst, ließ den Arm sinken und blickte zu dem neuen Verwalter auf. »Und wissen Sie, was ich getan habe? Als Dank habe ich ihn nachts wieder auf den Hof hinuntergetragen. Er war noch warm und trotzdem habe ich ihn zurück hinter die Tonne gelegt.« Der Fürst wandte sich um und trat ein paar Schritte auf die Tür zu. »Es muß mir jemand gefolgt sein«, fuhr er fort, »jemand, der ahnte, daß ich ein Geheimnis habe und der heimlich darauf lauerte, es mit mir teilen zu können. Ein Mensch, der das ganze Schloß kennt, der weiß, wie man lautlos die Treppen hinauf und hinunter schleicht, der weder tags noch nachts schläft und den man nicht hören und sehen kann.«

Der neue Verwalter trat dem Fürsten entgegen. »So einen Menschen gibt es nicht«, sagte er. »Sie müssen versuchen, diese Gedanken zu vertreiben. Sie werden sonst so unglücklich und krank wie mein Bruder. Meine Mutter und ich, wir rätseln noch heute, was für schauerliche Gemälde es waren, die vor ihm auferstanden. Sie haben ihn umgebracht. Am Ende konnte er tagelang nicht aus dem Bett aufstehen, aber geschlafen hat er auch nicht. Er hat immer an die Decke gestarrt, und manchmal ist er aufgeschreckt, als stürzte von oben etwas in sein Gesicht hinunter. Dann hat er sich die Augen gerieben und ist wieder auf sein Kissen niedergesunken.«

»Ist das wahr?« fragte der Fürst und drehte sich zu dem neuen Verwalter um.

Der neue Verwalter nickte.

Der Fürst sah an sich hinunter. »Glauben Sie, daß auch ich krank bin?« fragte er.

»Um Gottes willen!« rief der neue Verwalter, »Sie sind ein gesunder Mensch mit einem lebhaften Geist. Mein Bruder lag nur im Bett. Immerzu stammelte er wirr vor sich hin. Das Essen, das meine Mutter ihm reichte, wies er von sich, und von Tag zu Tag wurde er blasser, weil er keine Nacht schlief.«

Der Fürst hob seinen Blick zu dem neuen Verwalter auf. »Auch ich kann nachts nicht schlafen«, sagte er. »Ich fürchte mich, weil ich das Gefühl habe, ich sei nicht allein im Raum, oder ich habe Angst, daß der Tag nie wiederkehrt, und dann stelle ich mir vor, daß der Raum so eng ist, daß ich mich nicht aufrichten kann und daß ich für immer dort eingesperrt bin.«

»Wenn Sie keine schlimmen Gedanken mehr haben«, sagte der neue Verwalter, »dann können Sie auch wieder schlafen, und wenn Sie schlafen, werden Sie nicht krank.«

»Ich fühle mich schon so schwach«, sagte der Fürst und legte die Hände auf seinen Bauch. »Sobald ich die Augen schließe, sehe ich mich durch das Schloß schleichen. Ich möchte mich zurückrufen, aber da bin ich schon davongeeilt. Unten auf dem Hof knie ich vor der Wassertonne nieder. ›Nein‹, spreche ich mir zu, ›das ist nicht wahr, du liegst im Bett. Du mußt nur umkehren und leise wieder hinaufkommen‹, und im selben Moment stehe ich vor meinem Zimmer. Die Tür ist geöffnet. Zaghaft trete ich ein und taste mich zum Bett vor. Das Bett ist leer. ›Wo bist du?‹ frage ich und meine Stimme klingt so fern. ›Hier ist niemand‹, denke ich und trete zum Fenster vor. Auf halbem Weg bleibe ich stehen. Ich höre meine Schritte nicht. Es ist so dunkel, daß ich mich nicht zu bewegen wage und mir ist, als würden die Wände kalt zu mir aufrücken. ›Das ist nicht dein Zimmer!‹ ruft es aus mir heraus und plötzlich weiß ich, daß das alles gar kein Traum war, daß ich hinter der Wassertonne liege, daß ich Nacht für Nacht hinter der Wassertonne liege.« Der Fürst ließ den Kopf in die Hände sinken.

Der neue Verwalter hob die Hand und strich ihm über sein Haar. »Auch wenn Sie glauben«, sprach er, »daß es unleugbar ist, weil es Ihnen tatsächlich so erscheint, so sein Sie mir nicht böse, wenn ich behaupte, daß es nur ein Traum war.«

»Und woher wollen Sie das wissen?« fragte der Fürst, ohne aufzusehen.

»Ich vermute es nur«, antwortete der neue Verwalter, »aber es ist sehr leicht festzustellen. Sie müssen nur jeden Morgen Ihren Schlafrock untersuchen, und falls Ihnen das noch nicht genügt, so schlagen Sie einfach die Decke auf, denn auch auf Ihrem Bettlaken müßten Spuren dieser nächtlichen Ausflüge zu erkennen sein. Schauen Sie mich an. Bestimmt sind Schlafrock und Bettlaken jeden Morgen hell und sauber.«

Der Fürst hob den Kopf. »Was fällt Ihnen ein, so mit mir zu sprechen«, sagte er. »Sie denken, daß ich wie Ihr Bruder den ganzen Tag daliege und mir alles nur einbilde. Sie hoffen, daß ich krank bin und sehen sich schon an meinem Bett sitzen. Vorsichtig ziehen Sie meine müde Hand unter der Decke hervor und legen Ihre Wange auf sie nieder. Doch täuschen Sie sich nicht, denn selbst wenn ich die Augen fest geschlossen habe, beobachte ich alles ganz genau.«

Der neue Verwalter schüttelte den Kopf.

»Sie haben wohl noch nie von Menschen gehört, die sich im Schlaf erheben?« fuhr der Fürst fort und hob seine Stimme streng an. »Wo waren Sie eigentlich letzte Nacht?«

»Auf meinem Zimmer«, antwortete der neue Verwalter, »ich habe angefangen, meine Sachen auszupacken und dann ...«

»Und dann«, unterbrach ihn der Fürst, »sind Sie noch in das Zimmer des Hofmeisters geschlichen.«

»Nein«, sagte der neue Verwalter und schüttelte erneut den Kopf, »ich bin in mein Bett gegangen.«

»Aber der Hofmeister ist noch zu Ihnen gekommen«, fuhr der Fürst dazwischen. »Im Schlafrock hat er an Ihre Tür geklopft.«

»Ich habe nichts gehört«, sagte der neue Verwalter.

Der Fürst lächelte. »Wahrscheinlich haben Sie auch nicht gehört«, sagte er, »daß der Hofmeister Sie ›mein Lieber‹ genannt hat.«

Der neue Verwalter trat einen Schritt zurück.« Das habe ich tatsächlich nicht gehört«, sagte er, »und obwohl der Hofmeister sehr freundlich zu mir war, als er mich heute morgen in das Büro führte, bin ich mir sicher, daß er mich nicht so genannt hat. Kein Wort, daß er an mich richtete, habe ich vergessen. Seine Rede handelte nur von Ihnen. ›In unserem Fürsten‹, so sprach er und strahlte zu mir hinauf, ›vereinen sich alle Eigenschaften, die sich ein Volk nur von seinem Herrscher wünschen kann. Er ist gerecht und liebt den Armen gleichermaßen wie den Reichen. Wenn er strafen muß, straft er, doch meist behält die Güte die Oberhand. Verschwendung und Eigensinn schätzt er so wenig wie Hochmut und ...‹«

»Sie lügen!« schrie der Fürst und hob die Fäuste gegen den neuen Verwalter auf. Der neue Verwalter duckte sich und versteckte sein Gesicht in der Armbeuge.

Der Fürst ließ die Fäuste sinken und begann im Raum auf und ab zu gehen. »Ein Lügner«, stöhnte er, blieb stehen und sah mit Tränen in den Augen zu dem neuen Verwalter auf. »Was tun Sie mir bloß an?« fragte er.

Der neue Verwalter rührte sich nicht. Noch immer hielt er den Arm vor sein Gesicht.

Der Fürst streckte beide Hände über seinen Kopf. »Warum machen Sie mich unglücklich!« rief er. »Ich bin ein guter Mensch. Nur weil der Hofmeister Sie letzte Nacht so zärtlich umworben hat, bilden Sie sich ein, daß Sie mit ihm befreundet sind, und weisen die Hand, die ich Ihnen reiche, achtlos ab. Wenn ich gewußt hätte, daß Sie schon gestern nacht eintreffen würden, ich wäre Ihnen, mit offenen Armen entgegengeeilt. In mein Schlafgemach hätte ich Sie entführt und Sie mit einer Flasche Wein überrascht, die wir gemeinsam entkorkt und so still und feierlich getrunken hätten, als seien wir die einzigen Menschen auf der Welt.« Der Fürst hielt inne, richtete seinen Blick zur Decke hinauf und legte seinen Zeigefinger an den Mund. »Hören Sie«, flüsterte er dem neuen Verwalter zu und duckte sich. »Er ist hinter der Tür. Das ist der Atem des

Hofmeisters.« Der Fürst wandte sich um, schlich auf die Tür zu und winkte den neuen Verwalter heran.

Der neue Verwalter schob seinen kranken Arm hinter seinen Rücken und trat vor. Der Boden knarrte. Der Fürst zuckte zusammen und mahnte den neuen Verwalter mit gespreizten Händen zur Ruhe. Der neue Verwalter blieb stehen. »Kommen Sie«, zischte der Fürst ihm zu, und der neue Verwalter trat an ihn heran.

Der Fürst lehnte sein Ohr an die Tür und beugte sich tief hinunter. »Vor ein paar Momenten war es noch ganz deutlich«, flüsterte er zum Boden hin. »Ich kenne seinen Atem. Hören Sie etwas?« fragte er, ohne sich zu erheben, schüttelte den Kopf und richtete sich wieder auf. »Er ist nicht mehr da. So lange kann er die Luft nicht anhalten. Wahrscheinlich hat er Sie gehört und ist den Gang hinuntergeschlichen. Warten Sie«, fuhr er fort und näherte sein Ohr noch einmal der Tür.

Der neue Verwalter wandte seinen Blick von ihm ab und begann vor sich hinzustarren.

Der Fürst drehte sich ihm zu. »Er hat uns belauscht!« stieß er hervor und seine Finger verkrampften sich vor seiner Brust. »Alles, was wir uns erzählt haben, hat er gehört. Er ist immer hinter mir her. Seine Arme streckt er nach mir aus und ich fürchte mich. Sehen Sie mich an. Ich bin schon so schwach, daß ich mich nicht mehr auf den Beinen halten kann.« Der Fürst sank auf den Boden und umklammerte eine Wade des neuen Verwalters. »Bitte verlassen Sie mich nicht!« rief er. »Der Hofmeister ist ein böser Mensch. Nachts tritt er in mein Zimmer hinein, aber ich kann seine Schritte nicht hören. Kalt fällt sein Atem auf mein

Gesicht und ich drehe den Kopf in das Kissen hinein. Jetzt hebt er mich auf seinen Arm. Schon eilt er mit mir aus dem Zimmer, den Gang entlang, die Treppen hinunter, auf den Hof hinaus, der Wassertonne entgegen. Ich zittere am ganzen Körper. ›Nein!‹ rufe ich, aber meine Stimme ist so leise, daß ich sie selbst nicht hören kann, und als sei ich schon tot, legt er mich hinter der Tonne nieder.« Der Fürst ließ die Wade los und sank, die Stirn vorweg, zwischen den Füßen des neuen Verwalters mit dem Kopf auf den Boden.

Der neue Verwalter trat einen Schritt zurück. Der Fürst hob den Kopf und suchte seinen Blick. Der neue Verwalter wich ihm aus. »Helfen Sie mir auf!« befahl der Fürst.

Der neue Verwalter beugte sich zu dem Fürsten hinunter und reichte ihm seine Hand. Der Fürst zog sich hinauf.

»Soll ich Sie zum Stuhl bringen?« fragte der neue Verwalter.

Der Fürst schüttelte den Kopf. »Erzählen Sie mir jetzt, was gestern nacht geschehen ist.«

»Selbstverständlich«, antwortete der neue Verwalter, »aber ich hoffe, daß meine Rede Sie nicht enttäuscht, denn ich habe Ihnen bereits alles mitgeteilt. Ich bin sehr spät hier angekommen. Das Schloß lag in völliger Dunkelheit vor mir. Ich faßte mir ein Herz und trat auf den Schloßhof. Glücklicherweise hörte ein Bediensteter mein schwaches Klopfen und brachte mich sogleich auf mein Zimmer hinauf. Dort bin ich erschöpft in mein Bett gesunken und habe bis zum Morgen wunderbar geschlafen.«

Der Fürst hob seinen Zeigefinger gegen den neuen Verwalter auf. »Sie verheimlichen mir noch immer etwas«, sagte er.

Der neue Verwalter zuckte mit den Schultern. »Ich wüßte nicht, was ich Ihnen verheimlichen sollte«, sagte er.

»Es hat noch geklopft in dieser Nacht«, fuhr der Fürst fort, »und durch die Tür haben Sie es säuseln gehört. ›Ich bin es, mein Freund, der Hofmeister.‹ ›Herein!‹ haben Sie gerufen, und plötzlich stand der Hofmeister, blaß wie ein Gespenst, in seinem Schlafrock vor Ihnen und hat sich auf Ihre Bettkante gesetzt.«

»Das ist nicht wahr!« stieß der neue Verwalter hervor.

Der Fürst bedeckte mit beiden Händen seine Ohren. »Ich weiß, daß es so war!« rief er. »Sie sind ein Schwindler und Betrüger! Wenn der Hofmeister letzte Nacht nicht auf Ihrem Zimmer gewesen wäre, hätte er Sie doch heute morgen unmöglich ›mein Lieber‹ genannt.«

Der neue Verwalter ließ die Stirn in die offene Hand sinken. »Ich kann mich wirklich nicht daran erinnern, daß er das zu mir gesagt hätte«, seufzte er.

»Er hat es mir selbst erzählt«, sagte der Fürst und wies zur Tür. »Gehen Sie jetzt. Ich möchte Sie nie wieder sehen. Verlassen Sie noch heute das Schloß.«

Der neue Verwalter kniete vor dem Fürsten nieder. »Das ist ein Irrtum«, sagte er. »Ich weiß nicht, wie er entstehen konnte. Vielleicht ist alles meine Schuld. Ich bin noch ein wenig unbeholfen, aber ich verspreche Ihnen, daß ich mich bessern werde. Verzeihen Sie mir für heute. Sein Sie gütig und schicken Sie mich nicht wegen eines Irrtums fort.« Der neue Verwalter ließ den Kopf sinken. »Ich war so stolz, als auf meinen Brief hin Ihre Antwort kam. Wie soll ich jetzt zurückkehren? Meine Mutter wird mir schweigend öffnen, und oben, in meinem Zimmer noch, werde ich sie weinen hören.«

Der Fürst trat an ihm vorbei. »Gehen Sie endlich«, sagte er.

Der neue Verwalter streckte seinen Arm in die Höhe. »Ich kann Sie doch nicht mit dem Hofmeister allein lassen«, sagte er und hob seine Stimme an. »Das würde ich mir nie verzeihen. Sie selbst haben mir erzählt, daß er ein böser Mensch ist. Alles, was Sie gesagt haben, entspricht der Wahrheit. Heute morgen hat er mich ›mein Lieber‹ genannt. Ich habe gehofft, daß Sie es niemals erfahren würden, aber da Sie es bereits wissen, möchte ich Ihnen jetzt alles berichten.«

»Stehen Sie auf«, sagte der Fürst.

Der neue Verwalter richtete sich auf und wandte sich zu ihm um. »Er war noch auf meinem Zimmer«, begann er. »Spät nachts hat er an meine Tür geklopft. Ich öffnete die Augen und sah im Schein des Mondes, wie die Klinke sich neigte. Zum Glück hatte ich die Tür verriegelt. ›Wer ist da?‹ habe ich gerufen und mich im Bett aufgerichtet. ›Ich bin es‹, war die Antwort, ›der Hofmeister. Öffnen Sie mir.‹ ›Aber es ist doch viel zu spät!‹ habe ich gerufen. ›Es ist noch nicht zu spät‹, bekam ich zur Antwort, ›ich möchte mich eine Weile zu Ihnen setzen‹, und seine Stimme klang so vertrauenswürdig, daß ich glaubte, einen ehrenwerten

Menschen zu hören. ›Ich komme!‹ rief ich, während ich schon aus dem Bett stieg und mir etwas über die Schultern warf. So hell stand der Mond auf dem Zimmer, daß ich keine Kerze anzünden mußte. Ich nahm den Schlüssel, der auf dem Nachtschrank lag, ging zur Tür und hatte ihn bereits im Schloß, da erschien es mir wieder merkwürdig, was der Hofmeister um diese Zeit noch von mir wollte. ›Ich habe eine anstrengende Reise hinter mir‹, sagte ich, ›können wir nicht morgen miteinander reden.‹ ›So lange kann ich nicht warten‹, erwiderte er. ›Worum geht es denn?‹ fragte ich, indem ich leise den Schlüssel wieder aus dem Schloß zog. ›Darüber kann ich auf dem Gang nicht sprechen‹, antwortete er und verlor schon die Geduld. ›Lassen Sie mich endlich hinein!‹ ›Sofort‹, antwortete ich, kniete mich auf den Boden und blickte durch das Schlüsselloch. Eine Kerze erleuchtete das Gesicht des Hofmeisters. Seine Augen starrten wild auf die Tür, und in jedem seiner finsteren Gesichtszüge war zu lesen, was für ein schlechter Mensch er ist. Ich richtete mich wieder auf. ›Hören Sie‹, sagte ich, ›Sie können die ganze Nacht vor der Tür verbringen. Ich öffne Ihnen nicht.‹ ›Das wagen Sie nicht!‹ schrie er und begann mit Worten zu schimpfen, die ich nicht wiederholen möchte. Dann wurde aus seiner Wut Verzweiflung. Mit seinen Fingernägeln kratzte er am Holz und flehte, ob ich ihn nicht doch hineinlasse, er wolle mir nur eine gute Nacht wünschen. ›Eine gute Nacht dürfen Sie mir gerne wünschen!‹ rief ich lachend, ›aber glauben Sie nicht, daß ich deshalb die Tür öffnen werde‹, und jetzt schimpfte er noch lauter, und wieder ging das

Schimpfen allmählich in Flehen und Schmeicheln über, so daß ich die ganze Nacht nicht geschlafen habe.«

Der Fürst starrte den neuen Verwalter an. »Das ist schrecklich«, flüsterte er, hob die Hände zu seinen Schläfen hinauf und schloß die Augen. »Sind Sie sich gewiß, daß es der Hofmeister war?«

»Er hat sich mir so vorgestellt«, antwortete der neue Verwalter.

»Es können seine Worte gewesen sein«, flüsterte der Fürst, »aber war es auch seine Stimme?«

»Das weiß ich nicht«, antwortete der neue Verwalter und stockte für einen Moment, »ich bin erst so kurz im Schloß. Als diese Gestalt gestern Nacht an meine Tür klopfte, da wußte ich gar nicht, wie mir geschah.«

Der Fürst riß die Augen auf. »Das Gesicht«, zischte er, »Sie haben doch sein Gesicht gesehen!«

Der neue Verwalter nickte und trat einen Schritt auf den Fürsten zu. »Das ist richtig«, sagte er, »doch war die Sicht durch das Schlüsselloch sehr eingeschränkt, und der Kerzenschein erhellte zudem nur einzelne Züge dieses Gesichtes. Es waren nur diese Züge, die mir so finster erschienen. Ich würde aber nicht wagen, zu behaupten, daß es wirklich das Gesicht des Hofmeisters war.«

»Es muß sein Gesicht gewesen sein«, sagte der Fürst, »ich möchte nur herausbekommen, was er von Ihnen gewollt hat.«

»Wie sollte ich das wissen«, sagte der neue Verwalter, »ich habe ihn doch nicht hereingelassen.«

»Das war wahrscheinlich Ihr Glück«, sagte der Fürst. »Lassen Sie uns jetzt gemeinsam überlegen, was der Hofmeister von Ihnen gewollt haben könnte.«

»Es tut mir leid«, antwortete der neue Verwalter, »ich würde Sie gerne in Ihren Überlegungen unterstützen, aber das dürfen Sie heute noch nicht von mir verlangen. Bedenken Sie, daß ich bisher nur einmal im Schloß genächtigt habe. Geben Sie mir noch ein wenig Zeit. Daran, daß ich es bisher sogar versäumt habe, mich bei Ihnen für mein Zimmer zu bedanken, sehen Sie, wie überwältigt ich von den vielen Eindrücken bin, die ich bisher im Schloß empfangen durfte. Selbst in meinen kühnsten Vorstellungen hätte ich mir ein solch prächtiges Zimmer niemals erträumt.«

»Es freut mich, daß es Ihnen gefällt«, sagte der Fürst. »Es war bis gestern das Zimmer des Hofmeisters. Ich habe es mir, bevor ich es für Sie bestimmt habe, persönlich noch einmal angesehen, denn wenn es nicht auch mir gefallen hätte, dann hätte ich Ihnen selbstverständlich eines von meinen Zimmern überlassen.« Der Fürst trat auf den neuen Verwalter zu und legte seine Hand an dessen Arm. »Ein großer junger Mann wie Sie muß ein besonders schönes Zimmer haben«, sagte er und ließ die Hand wieder sinken.

»Sie beschämen mich«, sagte der neue Verwalter. »Ich bin es bisher nicht gewohnt, in solchen Räumen zu leben.«

Der Fürst lächelte dem neuen Verwalter zu. »Jetzt müssen Sie sich daran gewöhnen«, sagte er. »Ich zum Beispiel bewohne gleich mehrere solcher Räume. Der alte Verwalter andererseits lebte in einem Zimmer, das kleiner war als manch eines von den einfachen Bediensteten. Dennoch bat er nie um ein anderes. Er war mit seinem Zimmer zufrieden. Ich habe es jetzt dem Hofmeister zugewiesen, denn ich bin mir sicher, daß Sie, wie ich, kein Mensch sind, der in einem solchen Zimmer leben möchte.«

Der neue Verwalter legte die Hand auf seine Brust und holte zu einer kleinen Rede aus, aber der Fürst kam ihm zuvor: »Versuchen Sie nicht, mir zu widersprechen«, sagte er. »Sie haben doch das Zimmer des alten Verwalters noch nie gesehen. Die Decke ist so niedrig, daß die Luft darin immer stickig ist. Sie könnten kaum aufrecht stehen, und wollten Sie die Arme ausbreiten, würden Sie mit beiden Händen die Wände berühren.«

Der neue Verwalter senkte seinen Blick zu Boden.

»Warum sind Sie denn plötzlich so trübsinnig!« rief der Fürst. »Ich selbst bin fast ein wenig neidisch auf Ihr Zimmer und erhoffe natürlich, daß Sie mich, sobald Sie sich eingerichtet haben, zu sich einladen werden. Schüchtern klopfe ich an Ihre Tür, und Sie zeigen mir, wo Sie Ihre gefalteten Hemden und all das übrige Gepäck untergebracht haben, und später setzen wir uns an Ihren Tisch, denn ich habe eine Flasche Wein unter dem Arm.«

»Ich danke Ihnen herzlich«, sagte der neue Verwalter, »aber ich glaube, daß es besser ist, wenn ich das Zimmer räume und wieder dem Hofmeister überlasse. Er hat mir heute morgen erzählt, wie lange er schon in Ihren Diensten steht, und ich denke, daß er deshalb das Vorrecht haben sollte, zwischen den beiden Zimmern zu wählen.«

»Welches Vorrecht!« rief der Fürst zornig.

»Ich möchte doch nur«, setzte der neue Verwalter nach und trat ein paar Schritte zurück, »daß keine Mißverständnisse entstehen.«

»Mißverständnisse!« rief der Fürst und stampfte mit dem Fuß auf. »Was reden Sie da! Es gibt keine Mißverständnisse! Sie denken doch nicht, daß ich die Zimmer, ohne Überlegung, nur nach meiner Laune, mal so und mal so verteile.«

»Nein«, antwortete der neue Verwalter hastig. »Ich weiß jetzt nur, was der Hofmeister gewollt hat, als er letzte Nacht an meine Tür klopfte.«

»Reden Sie!«

»Er wollte mich um etwas bitten«, sagte der neue Verwalter, »etwas, das er in seinem Zimmer vergessen hatte.«

»Was hatte er denn vergessen?« fragte der Fürst und rieb seinen Kopf im Nacken.

»Seinen Schlafrock«, antwortete der neue Verwalter. »Ich habe ihn im Bett gefunden.«

Der Fürst ließ den Kopf sinken, wandte sich zur Tür hin und hob drohend die Faust gegen sie auf. »Was bist du nur für ein gemeiner Mensch«, zischte er. Dann stürzte er auf den neuen Verwalter zu. »Bitte«, sagte er und faltete die Hände zusammen, »bitte verzeihen Sie mir. Es ist meine Schuld. Ich hätte wissen müssen, wie hinterlistig er ist. Schon gestern, als ich ihm befahl, das Zimmer des alten Verwalters zu beziehen, erschien es mir ungewöhnlich, wie gelassen er meine Anweisung aufnahm. Sein Gesicht schien heiter, er nickte fast freudig und innerlich wird er gejubelt haben. Kaum, daß er seinen Triumph unterdrücken konnte, ist er sofort wieder seinen Beschäftigungen nachgegangen, und ich, weil ich immer versuche, in jedem Menschen das Gute zu sehen und seinem Fleiß Achtung entgegenbringe, ich habe ihm vertraut, und während ich noch gedankenverloren die Treppe hinaufblickte, die er emporgestiegen war, stand er schon vor dem Bett und blickte siegessicher auf die Decke hinunter, unter der er den Schlafrock verbarg. Wären Sie letzte Nacht nicht so geistesgegenwärtig gewesen, die Tür zu verriegeln, dann stünden wir heute nicht so unschuldig voreinander. Verbrennen Sie den Schlafrock. Er muß dem Feuer übergeben werden.«

»Ich kann doch nicht seinen Schlafrock verbrennen«, sagte der neue Verwalter. »Was ist denn, wenn er ihn wirklich nur vergessen hat. Am Morgen hat er die Decke über den Schlafrock geworfen, und als er später, in aller Eile wahrscheinlich, seine Sachen zusammenpackte, unterließ er es, sie wieder aufzuschlagen.«

»Sie kennen den Hofmeister nicht«, sagte der Fürst und duckte sich. »Seine Augen sind überall. Selbst wenn er es wollte, er könnte seinen Schlafrock nicht vergessen.« Der Fürst hob den Zeigefinger. »Gerade habe ich ihn gehört«, flüsterte er, »er ist wieder an der Tür. Er möchte zu uns hinein. Jetzt schleicht er wieder den Gang hinunter. Aber er wird zurückkommen. Er gibt nicht auf. Sie müssen den Schlafrock verbrennen. Jede Nacht, die Sie ihn noch besitzen, wird der Hofmeister an Ihre Tür klopfen. Er möchte sich zu Ihnen legen. Er wird betteln und flehen, bis Sie ihm eines Tages die Tür öffnen werden. Es wird Sie frieren in dieser Nacht. Am nächsten Tag fühlen Sie sich so schwach, daß Sie sich auf dem Weg zum Büro an der Wand abstützen müssen. Trotzdem öffnen Sie die Tür jetzt jede Nacht, und eines Morgens liegen Sie tot im Bett. Der Hofmeister beugt sich über Sie, schließt Ihre Augenlider und verläßt den Raum. Schon verkündet er das Begräbnis. So war es auch mit dem alten Verwalter. Allen voran schritt der Hofmeister hinaus zum Grab. Sein Gesicht mußte er verbergen, denn seine Augen kennen keine Tränen und sein Herz kennt keine Liebe. Heimlich hatte er bereits die Ankunft eines neuen Verwalters vorbereitet. Nachts empfing er ihn vor dem Portal und bat ihn schnell hinein, denn nur im Schloß fühlt er sich sicher. Sehen Sie mich an!« rief der Fürst und seine Stimme überschlug sich jetzt. »Sie sind mein bester Freund! Sie dürfen ihm niemals öffnen. Versprechen Sie mir das.«

Der neue Verwalter nickte.

»Stützen Sie mich bitte«, bat der Fürst.

Der neue Verwalter streckte seinen Arm aus und hielt ihn zaghaft gegen die Schulter des Fürsten. Der Fürst ließ den Kopf sinken.

»Ich werde immer traurig, wenn ich an den alten Verwalter denken muß«, sagte er. »Er war ein vornehmer Mensch. Sie hätten sich gut mit ihm verstanden. Er war viel kleiner als Sie, aber er war immer freundlich, und wenn er nicht arbeitete, lachte er leise vor sich hin.« Der Fürst seufzte auf, hob den Kopf, trat auf den Stuhl zu, setzte sich und legte die Hände auf die Platte des Tisches. »Sie glauben mir doch, daß ich ihn geliebt habe?« fragte er.

Der neue Verwalter nickte wieder.

»Als ich noch ein Kind war«, begann der Fürst, »verbrachte ich viele glückliche Stunden an diesem Tisch. Durch das Fenster beobachtete ich das Wetter. Dann beugte ich mich wieder meinem Bild zu. Hin und wieder hob der alte Verwalter den Kopf aus den Akten hervor, trat um den Tisch herum, blickte über meine Schulter hinweg auf mein Bild, kehrte dann an seinen Platz zurück, lächelte mir zu, und vertiefte sich wieder in seine Akten.« Der Fürst sah zu dem neuen Verwalter auf. »Ich habe lange kein Bild mehr gemalt«, sagte er. »Als ich größer wurde, ist mir das Büro des alten Verwalters zu eng geworden. Ich brauche Weite, um ein Bild malen zu können. Dieses Büro«, fuhr er fort und erhob sich, »ist dafür besser geeignet. Ich werde mir einen Tisch kommen lassen. Sobald ein Bild fertig ist, werden Sie der erste sein, der es zu sehen bekommt. Dann hängen wir es auf.« Der Fürst trat auf die Wand zu, die den Regalen gegenüber lag und strich mit der Hand über sie hinweg. »Überall hier«, sagte er und wandte sich dem neuen Verwalter zu, »werden meine Bilder hängen.«

Der neue Verwalter blickte auf die Wand. »Ich habe schon, als ich Sie zuerst gesehen habe, vermutet, daß in Ihnen nicht nur ein guter Mensch und gütiger Herrscher, sondern auch ein großer Künstler steckt.«

Der Fürst lächelte. »Jetzt beschämen Sie mich«, sagte er. » Sie sagen, daß ich ein großer Künstler bin, dabei weiß ich, wenn ich ehrlich bin, nicht einmal, was ich malen möchte.«

»Sie könnten zum Beispiel ein Bild von sich selbst malen«, sagte der neue Verwalter und richtete seinen Blick auf die Tür, denn vom Gang her näherten sich Schritte.

Dann klopfte es.

»Das ist er«, zischte der Fürst und eilte dem neuen Verwalter entgegen.

»Sollen wir öffnen?« fragte der neue Verwalter leise.

Der Fürst schüttelte den Kopf und griff nach der Hand des neuen Verwalters. »Ich werde ein Bild malen«, flüsterte er, »auf dem nur wir beide zu sehen sind. Wir sitzen auf einer grünen Wiese und unsere Beine liegen im Gras. Hinter uns ragt mächtig das Schloß in den blauen Himmel. Unsere Gesichter sind noch etwas matt von weichen Träumen, aber unsere Augen leuchten in den hellen Morgen.« Der Fürst zog den neuen Verwalter auf die Knie hinunter und hockte sich neben ihn. »Es wird ein wunderschönes Bild werden«, fügte er hinzu und legte den Arm um ihn.

Der neue Verwalter blickte zur Tür.

Wieder klopfte es.

Der Fürst drückte den neuen Verwalter an sich. »Er erduldet es nicht, daß wir zusammen sind«, flüsterte er, »aber wir lassen ihn nicht herein. Wenn er die Tür öffnet, verkriechen wir uns unter dem Tisch. Dort wird er uns nicht finden. Haben Sie keine Angst. Solange Sie bei mir sind, werde ich Sie beschützen. Sie sind ›mein Lieber.‹« Der Fürst rückte ein Stückchen vor und näherte sich mit dem Gesicht dem Gesicht des neuen Verwalters.

Der neue Verwalter streckte den Kopf zur Seite. »Bitte«, preßte er leise hervor, »bitte versuchen Sie es nicht.« Schon spürte er den warmen Atem des Fürsten auf seinen Lippen. »Herein!« stieß er hervor.

Der Fürst sprang auf.

Sogleich öffnete sich die Tür, und ein langjähriger Diener trat ein, verbeugte sich und blickte auf den neuen Verwalter, der neben dem Fürsten stand und sich verlegen über die Knie strich.

»Was willst du?« fragte der Fürst streng.

»Ich habe Ihnen etwas Trauriges mitzuteilen«, antwortete der Diener.

»Beeil dich!«

Der Diener senkte den Kopf, trat auf den Fürsten zu und atmete tief durch. »Der Hofmeister ist tot«, sagte er dann.

Der Fürst rührte sich nicht.

»Wir haben ihn vor einer halben Stunde gefunden«, fuhr der Diener nach einer kurzen Pause fort. »Er hat sich in der Kammer des alten Verwalters erhängt.«

Der Fürst sah den Diener mir leeren Augen an, führte zwei Finger zum Mund und tastete über seine Lippe hinweg.

Der Diener richtete seinen Blick zu ihm auf. »Es tut mir sehr leid, Ihnen diese entsetzliche Mitteilung machen zu müssen. Im Namen der Dienerschaft möchte ich Ihnen ...«

»Geh!« unterbrach ihn der Fürst.

Der Diener nickte. »Ich wollte nur«, begann er von neuem, »daß Sie wissen, daß wir alle ...«

»Verschwinde!« schrie der Fürst und stürzte auf den Diener zu. Der Diener tauchte unter ihm hinweg, rannte zur Tür, riß die Klinke hinunter und blickte sich, während er die Tür öffnete, noch einmal um.

»Raus!« brüllte der Fürst und die Tür fiel ins Schloß.

Dann war es still.

Der Fürst sank zusammen. Ihm war, als stünde er in einem leeren Raum. Das Blut rauschte in seinem Kopf und von der Brust her wallte ein großer Schmerz hinauf. Blaß drang die Stimme des neuen Verwalters zu ihm vor.

»Ich kann es nicht begreifen«, sagte er. »Als der Hofmeister mich vor wenigen Stunden in das Büro führte, da schien er noch so unbesorgt. Wie kann ein Mensch diese Tat begehen? Das Leben ist so schön und wertvoll. Niemand hat das Recht, es fortzuwerfen. In diesem Punkt sind alle Menschen gleich. Wie kann man auch nur wenige Minuten in der Gewißheit leben, daß man sich töten ...«

Der Fürst wandte sich zu dem neuen Verwalter um und der neue Verwalter verstummte. Tränen liefen über die Wangen des Fürsten und die Luft in seinem Mund zitterte. »Warum«, fragte er, »haben Sie den Diener hereingerufen?«

Der neue Verwalter senkte den Blick.

Der Fürst krampfte seine Fingernägel in die Handballen und trat auf ihn zu. »Antworten Sie«, stöhnte er.

Der neue Verwalter krümmte sich. Der Fürst umklammerte mit beiden Händen seine Schultern, schüttelte ihn, taumelte dann zurück und sank auf dem Stuhl nieder.

Der neue Verwalter zog sich sein Hemd wieder zurecht. »Es ist eine schlimme Nachricht«, sagte er dann. »Auch ich bin ganz verwirrt. Ich kann mir vorstellen, wie Sie sich fühlen. Bestimmt«, fuhr er fort und schlich langsam zur Tür vor, »möchten Sie jetzt lieber allein sein.«

Der Fürst blickte dem neuen Verwalter hinterher. »Wohin wollen Sie?« fragte er.

Der neue Verwalter blieb stehen. »Bitte lassen Sie mich gehen«, sprach er zur Tür hin.

Der Fürst erhob sich, trat zum Fenster vor und blickte auf den leeren Hof hinunter. »Es ist ratsamer, jetzt nicht zu gehen«, sagte er. »Sie müssen von nun an sehr vorsichtig sein. Überall kann der Hund Ihnen auflauern. Er liebt mich und denkt, daß er mich beschützen muß. Nachts hält er sich unter dem Schlafrock des Hofmeisters verborgen und lauscht geduldig Ihrem Atem hinterher.« Der Fürst wandte sich mit einem Ruck zu dem neuen Verwalter um. »Können Sie sich vorstellen, wie es ist, wenn man tot ist?« fragte er.

Der neue Verwalter sah stumm auf seine Stiefel hinunter.

Der Fürst ließ den Blick nicht von ihm.

Der neue Verwalter fuhr sich mit der Hand über die Stirn. »Nein«, sagte er.

»Das glaube ich Ihnen nicht«, sagte der Fürst und trat vor ihn hin. »Denken Sie nur an Ihren Bruder. Sie haben mir selbst von ihm berichtet. Noch leuchtet etwas Helligkeit in seinen Augen, und er sieht sich auf einer jungen Wiese sitzen. Ein Arm hält ihn zärtlich umschlungen und er möchte die Augen schließen, um für immer so zu verweilen, aber er kann die Augen nicht schließen, und allmählich erlischt das Licht in ihnen. Der Tag verfinstert sich und die Wiese trocknet vor sich hin. Die Halme stechen durch seine Kleidung und der Arm, der ihn umschlingt, ist kalt und starr. Nie wird er sich aus diesem Griff befreien können, denn es ist Ihr Arm, der hart in seine Seite drückt, aber mich können Sie damit nicht umschlingen.« Der Fürst breitete die Arme auseinander und blickte zur Decke hinauf. »Ich werde mir ein großes, helles Grab bauen lassen«, fuhr er fort. »Die Sonne scheint zu mir hinab, an den Wänden hängen meine Bilder, der Hund wacht neben mir und draußen vor dem Grab knien die Menschen nieder. Ihre Tränen fließen zu einem Fluß zusammen, der sich durch das ganze Reich bahnen wird, denn niemand wird sie trösten können.« Der Fürst richtete seinen Blick wieder auf den neuen Verwalter. »Wissen Sie eigentlich, daß die Menschen mich lieben?« fragte er.

Der neue Verwalter nickte. »Ich kann nur ahnen, wie elend Sie sich fühlen müssen«, sagte er. »Ein Mensch, der Sie Ihr ganzes Leben über treu begleitet hat, hat Sie heute für immer verlassen, und selbst ich, obwohl er doch fast ein Fremder für mich war, spüre zutiefst das große Unglück, das durch seinen Tod so plötzlich über uns hereingebrochen ist.«

»Ich verstehe Sie nicht«, sagte der Fürst und begann im Raum auf und ab zu gehen. »Sehen Sie denn nicht mehr das finstere Gesicht vor sich und hören Sie nicht mehr das Klopfen, Schimpfen und Betteln an Ihrer Tür?«

»Es hat nicht geklopft«, sagte der neue Verwalter, »und ich habe auch kein finsteres Gesicht gesehen. Ich habe die ganze Nacht geschlafen.«

Der Fürst trat auf ihn zu. »Dann sind Sie also doch ein Lügner«, sagte er.

Der neue Verwalter ließ den Kopf sinken. »Nennen Sie mich einen Lügner«, sagte er, »aber glauben Sie mir, daß der Hofmeister letzte Nacht nicht vor meiner Tür war.«

Der Fürst legte dem neuen Verwalter die Hand auf die Schulter. »Es ist jetzt gleichgültig«, sagte er, »ob Sie ein Lügner sind oder nicht. Uns erwarten schwere Tage. Zuerst müssen wir uns darum bemühen, daß der Hofmeister ein schönes Begräbnis bekommt. Sie werden die Vorbereitungen für diesen Tag treffen. Ich ernenne Sie hiermit zu meinem Hofmeister.« Der Fürst nahm die Hand von der Schulter des neuen Verwalters. »Hören Sie mir gut zu«, fuhr er fort und begann wieder auf und ab zu gehen. »Noch heute packen Sie Ihre Sachen zusammen und ziehen in die Kammer hinauf. Vergessen Sie den Schlafrock nicht. Ich möchte, daß bereits morgen ein neuer Verwalter eintrifft. Er muß gesund und schön sein, denn ich werde ihn malen. Dazu brauche ich einen eigenen Tisch. Merken Sie sich alles, was ich Ihnen jetzt sage. Ich werde den neuen Verwalter in der Eingangshalle erwarten. Dann gehen wir hinauf ins Büro. Auf jedem der beiden Tische steht ein Glas mit Wein. Wir prosten uns zu und vom Hof her dringt eine traurige Melodie zu uns hinauf. Der neue Verwalter setzt sein Glas auf dem Tisch ab, tritt auf mich zu und nimmt mich in seine

Arme. Jetzt schlagen die Glocken zum Begräbnis, und wir treten aus dem Büro heraus. Im ganzen Schloß hängen schwarze Stoffe von den Wänden herab. Sie und die Bediensteten sind bereits in der Eingangshalle versammelt und folgen uns schweigend zur Kapelle.« Der Fürst trat zur Tür vor und öffnete sie. »Es muß ein triumphales Begräbnis werden«, sagte er.

Der neue Verwalter blickte in den Gang.

»Gehen Sie jetzt«, sagte der Fürst.

Der neue Verwalter atmete noch einmal tief durch und schritt hinaus.

Der Fürst schloß die Tür hinter ihm.

Im Hof fuhr die Kutsche ein und der der Fürst trat zum Fenster vor.

Der Kutscher stieg mühsam vom Kutschbock hinunter, torkelte zu den Pferden hin, die mit ihren Schweifen schlugen und drückte einem Schimmel seinen Mund auf die Nüstern. Dann wischte er sich mit dem Ärmel über sein Gesicht und seine Mütze fiel in den Sand. Mit der Hand tastete er sich über sein Haar, beugte sich, indem er sich mit den Händen auf den Knien abstützte, und blickte schwankend auf die Mütze hinunter. Aus dem Schloß lief ein Mädchen auf ihn zu. Es war Maria. Sie nahm ihn an ihre Seite und der Kutscher begann zu singen. So führte sie ihn in das Schloß. Dann kam sie wieder heraus, hob die Mütze vom Boden auf, klopfte den Hals eines der Pferde und blickte zum Fenster hinauf, hinter dem der Fürst stand.

Der Fürst wich zur Seite.

Jan Peter Bremer

Einer der einzog das Leben zu ordnen

Roman

Band 11728

In dem listig »Roman« genannten kleinen Text findet ein ganzes phantastisches Universum Platz: merkwürdige Gestalten mit tragikomischen Erlebnissen, Leidenschaften und Erinnerungen, surreale Traumwelten, aber auch Schilderungen einer Alltagswirklichkeit, wie jeder sie kennt. Erzählt wird mit unbändiger Sprachlust die Geschichte eines jungen Mannes, der seine winzige Stadtwohnung in immer neue Ordnungen bringt, Möbel verschiebt, Gegenstände umplaziert, vor einem aber kapitulieren muß: dem Staub. Deshalb stellt er einen Diener ein, der die in ihn gesetzten Erwartungen jedoch keineswegs erfüllt. Anstatt den Staub zu bekämpfen, vertreibt er den »Herrn« aus dem einzigen Zimmer in die Küche, läßt sich umsorgen und geht – wenn er nicht gerade schläft oder seine Geliebte empfängt – aus dem Haus. Zur Freude seines Dienstgebers hat er allerdings ein paar Geschichten über seine ländliche Herkunft parat, die seinen Herrn bald so sehr beschäftigen, daß er sie weiterspinnt und von eigenen Erinnerungen und Sehnsüchten plötzlich nicht mehr trennen kann. Die Unordnung, die auf diese Weise in das Leben des wunderlichen jungen Mannes tritt, wirkt sich letztlich befreiend aus.

Fischer Taschenbuch Verlag

fi 1617 / 4